문지스펙트럼

문화 마당
—————
4-012

세기말의 서정성
—90년대 시의 내면 풍경

박혜경

문학과지성사

문화 마당 기획위원

오생근 / 정과리 / 성기완

문지스펙트럼 4-012

세기말의 서정성
──90년대 시의 내면 풍경

지은이 / 박혜경
펴낸이 / 김병익
펴낸곳 / 문학과지성사

등록 / 1993년 12월 16일 등록 제10-918호
주소 / 서울 마포구 서교동 363-12호 무원빌딩 4층 (121-210)
전화 / 편집부 338)7224~5 · 7266~7 팩스 / 323)4180
영업부 338)7222~3 · 7245 팩스 / 338)7221

제1판 제1쇄 / 1999년 6월 30일

값 4,500원
ISBN 89-320-1085-4
ISBN 89-320-0851-5

세기말의 서정성
—90년대 시의 내면 풍경

책머리에

문학의 위기에 대한 풍문이 회자되기 시작하면서 무엇보다도 그 위기설의 전면에 내세워진 것은 시였다. 80년대에 시가 누렸던 그 풍요로웠던 젊음의 활기 위에 드리워지기 시작한 우울한 탄식과 회상의 그림자는 점점 시 속에 침투해 들어오는 그 위기와 무력감의 징후인 것처럼 비쳐지게 되었다. 청년기의 의욕적인 열정에 넘쳐 있는 것으로 보였던 시에서 어느 날 문득 흘러나오기 시작한 황혼기의 목소리. 그렇게 시는 갑자기 늙어버린 모습으로 빠르게 변해가는 시대의 흐름으로부터 저만큼 뒤처져서 점차 시대의 후미 쪽으로 밀려나는 듯이 보였다. 시의 발걸음은 점점 느려지고 그 목소리는 점점 낮아졌다. 어쩌면 그것은 고립과 소외의 운명 앞에 놓여진 시가 스스로 선택한 자폐의 얼굴인지도 몰랐다.

확실히 90년대의 시는 자신의 운명을 위기로 몰아넣는 시대와의 싸움에서 이미 전의를 상실한 것으로 보인다. 이제 시는 미래의 시간을 기획하기보다는 과거의 시간 속에서 자신의 잃어버린 정체성을 되찾아오려는 절박하면서도 쓸쓸한 몸짓에 자신의 운명을 맡기고 있는 것 같다. 그러나 어쩌면 시가 선택한 자폐의 길은 시가 자신에게 주어진 저녁의 운명을 힘겹게 감내해가는 나름대로의 절박한 생존의 방식일는지도 모른다. 죽음을 연장함으로써 삶 또한 연장해가는 그 특이한 살아남기의 방식이 세기말의 시에게 주어진 생존의 운명이라면, 그것은 또한 시가, 시를 거부하는 시대에 시의 길을 헤쳐나가는, 그럼으로써 시대의 흐름을 힘겹게 버팅기는 안간힘 섞인 저항의 방식일 수도 있을 것이다.

90년대에 생산된 시들에서 발견되는 가장 두드러진 특징은 아마도 과거 지향적인 서정성으로의 복귀 현상일 것이다. 이 책에서는 그것을 '세기말의 서정성'이라고 명명해보았다. 세기말의 서정성은 '세기말'이라는 말이 주는 울림처럼 어둡고 비극적인 정서로 가득 차 있다. 그러나 시대에 대한 전의를 상실한 채 무력한 자폐의 길을 걷고 있는 것으로 보이는 그 세기말의 서정 속에 깃들인 돌이킬 수 없는 과거와의 정서적 친화는 우리에게 지금 우리가 놓여 있는 현재의 모습을 음울하게 되비추어준다. 그 세기말의 서정이 자신에게 주어진 죽음의 운명을 보다 치열하게 끌어안을 때 우리는 거기에서 간신히 살아남은 시가 아니라, 죽음을 통해 죽음에 대한 내성을 키워가는 보다 적극적인 시의 생존 전략을 읽을 수 있을 것이다.

8

이 책은 처음부터 일정한 기획 의도하에 씌어진 것은 아니다. 그 때문에 글과 글 사이의 내적 연관이 다소 성글다는 느낌을 지울 수 없다. 그럼에도 불구하고 이 책에 수록된 글들은 성글게나마 90년대의 시를 바라보는 나름대로의 일관된 관점을 바탕으로 하고 있고, 그것이 글과 글 사이를 하나의 연결 고리로 잇는 역할을 해줄 것이라고 생각한다.

끝으로 책이 나오기까지 도움을 주신 분들께 드리는 감사의 말을 빼놓을 수 없다. 더불어 문학과지성사 편집부 식구들에게도 고마움의 말을 전한다.

1999년 초여름
박 혜 경

차례

시원의 삶을 꿈꾸는
우울한 방법적 귀환의 언어들
──90년대 몇몇 젊은 시인들의 시를 바라보는 하나의 시각

이제 열정과 믿음과 순교와 질주의 시대는 사라졌다. 열정은 회화화되고 믿음은 냉소 어린 무관심에 그 자리를 내어주고 있으며, 순교의 타는 불꽃은 감각적 탐닉 속에서 끊임없이 새로운 단맛을 찾아 그 혀를 날름거리고, 질주의 거친 발자국 소리로 우리의 한껏 움츠린 단잠을 뒤흔들던 새벽의 시간은, 거세된 시간의 한없이 느린 제자리걸음으로 끝도 없이 이어지는 나날의 모래 벌판 위를 걸어가고 있다. 움푹 파인 그 힘겨운 나날의 발자취를 가뭇없이 지우며 소리없이 내려 쌓이는 침묵과 망각의 메마른 모래 먼지들. 우리가 걸어가고 있는 모래 벌판의 끝, 그 까마득한 소실점 너머에는 이제 아무것도 없다. 한때 우리의 삶 속에 휘몰아쳤던 순결한 열정과 조급하고 거친 광기의 회오리바람이 스쳐지나간 그 자리에는 이제 길들여진 탐닉과 황폐한 탐욕의 촉수로 텅 빈 폐허 위를 더듬으며 "사과맛 버찌맛 온갖 야리꾸리한 맛"(유하, 「바람부는 날이면 압구정동에 가야 한다 6」) 속에서 즐겁게 즐겁게 소진되어가는 맹목의 삶만이 남아 있을 뿐이다. "안락하게 푹 절여진 만화방창 각종 쾌락의 묘지"(유하, 「바람부는 날이면…… 2」), 그 눈부시도록 현란한 감각의 제국에서 더 이상 우리는 지난날의 가난과 고통, 순교에의 열정과 분노, 우리를 열광과 좌절의 소용돌이 속으로 몰아넣었던 가슴 벅찬 꿈과 미래에 대해서 이야기하지 않는다. 우리는 이제 건강에 대해서, 새로 장만한 아파트와 차에 대해서, 아침마다 한움큼씩 빠져나가는 머리카락과 비만증에 대해서, 아이들의 교육 문제와 가정의 안락한 평화에 대해서 짐짓 걱정 어린 잡담을 나누고, 나의 삶이 이 시대의 평균적인 소시민적 삶의 틀 속에서 그런대로 무사하게 굴러가고 있음에 안도한다.

감각의 제국은 그 소진된 열정과 질주의 잿더미 위에서 더욱더 기름지고 더욱더 당당하게 번창해가고, 문학은 이제 그 번창하는 제국의 화려한 그늘 속에 길 잃은 미아처럼 내던져져 있다. 한때 문학이 이 세계를 바꿀 수 있다는 믿음으로 스스로를 불태우던 시절, 그 믿음과 열정으로 시대의 캄캄한 뒷골목을 질주하던 시절, 질주하다가 쓰러져도 그 죽음이 한 시대의 장엄하고 비장한 순교의 형식으로 승화될 수 있었던 시절, 문학이 무엇을 위해 살아야 할 것인가가 분명했던 시절, 그리고 그 무엇을 위해 문학이 장렬하게 죽을 수도 있었던 시절, 요컨대 그 대상이 어떠한 것이든 문학이 온몸을 바쳐 순교할 대상에 대한 지사적 열정으로 팽팽하게 긴장해 있던 시절, 어쩌면 그 시절은 문학 스스로가 어떤 제왕의 자리를 꿈꾸었던 시절이었는지도 모른다. 시대에 대해 호령하고, 시대의 잘못을 질타하고, 그 스스로 시대의 악업을 십자가처럼 등에 짊어지고 감옥으로 향하면서도, 결코 절망하거나 비굴해지는 모습을 보이지 않는 그 당당한 제왕의 풍모를 말이다.

그러나 어쩌면 문학을 위해서 가장 행복한 시절이었을지도 모를 그 뜨겁던 낭만적 열정의 시기는 지나갔다. 문학이 자신의 정열을 바쳐 순교할 대상이 아무것도 없는 것처럼 보이는 시대, 감각화된 소비의 메커니즘 속에서 진지한 열정은 희화화되고, 문학 역시 웃으면서 도살당하는 돼지의 죽은 얼굴로 그 감각적 소비의 제단에 제물로 바쳐질 수밖에 없는 시대, 그리고 그 대가로 죽은 돼지의 웃는 입에 채워지는 몇 장의 지폐들. 그러나 이 시대의 문학에 관한 이러한 생각은 비관과 절망을 과장하는 한 도덕적 엄숙주의자의 자기 엄살에 불과한 것일까? 문학이 언제까지나 그 시대의 지사적 열정을 대변해야 한다고 믿으며, 그런 비장하고 숭고한 지사적 열정만이 문학을, 문학을 둘러싸고 있는 이 시대의 천박한 욕망의 진흙탕으로부터 지켜줄 것이라고 믿는, 문학에 대한 환상을 버리지 못하는 한 완고하고 시대 착오적인 구세대의 탄식일 뿐일까? 아니, 어쩌면 그것은 문학이 누렸던 한때의 제왕의 영광(만약 그런 때가 정말로 있었다면)을 그리워하는 자의, 문학에 대한 지나친 자기애(自己愛)가 만들어낸 한갓 과장된 피해 망상에 지나지 않는 것일까?

정말, 어쩌면 그런 것인지도 모른다. 어느 시대든 진정한 문학이란 그 시대의 가장 누추한 삶의 자리에서 꽃피어난 것이 아니었던가? 어느 시대든 문학은, 그 시대가 문학 위에 얹어준 불행을 가장 정직하게 견디고, 그 속에서 가장 고통스럽게 쓰러져가는 삶의 모습을 통해서 그 시대의 진정한 반성적 담론의 자리를 확보해오지 않았던가? 시인이 괴로워하면 그 사회는 이미 병들어 있다는 누군가의 말처럼, 문학은 자신의 괴로움을 통해 이 병든 시대의 환부를 드러내는 하나의 징후로서 끝까지 자신의 자리를 지켜오지 않았던가? 시대의 불행은 문학의 힘이다. 온실 속에서 키워지는 완상용 문학은 더 이상 문학이라는 이름으로 불릴 수 없을 것이기 때문이다. 그런 의미에서 문학을 위협하는 지금의 상황은 어쩌면 역설적으로 진정한 문학의 역할을 고무하는 상황일는지도 모른다. 문학 역시도 이 비문학적 시대의 한 충실한 신민으로서 그 천박한 욕망의 제단 위에 바쳐질 한 제물이기를 요구하는 이 현란한 감각의 제국 속에서, 문학이 살아남을 수 있는 방법은 그 피할 수 없는 제물로서의 운명을 자신의 전존재로 받아들이면서, 스스로를 이 시대의 제단에 바쳐진 가장 불행하고도 가장 고통스러운 제물로 만들어버리는 일일는지도 모른다. 스스로 이 시대의 제단에 바쳐진 가장 고통스러운 제물이 됨으로써, 이 감각화된 욕망의 제단을 하나의 추문으로 만들어버리는 힘, 그 힘에 대한 믿음이 이 시대의 문학이 나아갈 수 있는 마지막 자존의 선택이 아닐까?

지금 내가 이 글이 나아가야 할 방향과는 별상관도 없어 보이는 이러한 막연한 말들을 두서도 없이 늘어놓고 있는 것은 어쩌면 이 글을 시작하기에 앞서 요즈음 내 마음속에서 일어나고 있는 문학에 대한 이런저런 회의 어린 생각들을 어떤 형태로든 정리해보고 싶은 자기 위안의 욕망 때문인지도 모른다. 변화된 현실에 대한 개인적인 호오의 논리와는 상관없이 이제 문학의 고유한 영역 속으로 침투해 들어오는 대중문화의 위력은 부정할 수 없는 현실이 되어가고 있다. 그것은 긍정과 부정의 양자 택일적인 문제 이전에, 어떤 형태로든 문학의 새로운 체질 변화를 초래하게 될 시대적 흐름의 한 필연적인 추세인지도 모른다. 최근 문단의 일각에서 신세대 문학과 관련해서 벌어지고 있는 분분하게 엇갈린 논의들은 그러한 현실의 변화에 대해 문학 고유의 도덕적 명분을 고수하려는 입장과 그 현실의 변화 속에서 새로운 문학의 대응 논리를 모색하려는 입장간의 마찰을 통해, 새로운 문학적 현상에 대한 문단 내부의 혼란스럽고 소모적인 대응의 한 양상을 드러내준다. 신세대 문학이란 무엇인가? 신세대 문학이라는 말로 통칭되는 세대적 징후를 다른 문학적 현상과 변별해주는 어떤 가시적인 공통 분모를 과연 그 신세대 문학이라고 불리는 일군의 문화 현상(만약 그런 현상이 실제로 있기는 있다면)은 지니고 있는 것인가? 그것은 단지 80년대 이후 활발한 활동을 벌이고 있는 문단의 가장 젊은 세대에 의해서 생산된 문학이라는 기준에 의해 구성된 어떤 잠정적인 저널리즘적 용어에 불과한 것은 아닌가? 만약 신세대 문학이라는 용어가 어떤 형태로든 80년대 이후 이 시대의 첨단 소비 문화적 메커니즘의 틀 속에서 형성된 새로운 세대의 문학적 현상과 관련을 갖는 것이라면, 현재 이루어지고 있는 젊은 시인들의 시적 경향에 '신'세대라는 용어를 적용하는 것은 단지 시인들의 물리적인 나이의 젊음을 기준으로 한 개념 이상의 의미를 가지기는 어려운 것으로 보인다. 왜냐하면 극히 소수의 예외를 제외하면, 최근에 활동하고 있는 젊은 시인들의 시에서 우리는 신세대라는 말이 풍기는 어떤 도전과 패기의 이미지, 즉 변화된 삶에 대한 새롭고 도전적인 시적 인식과 그에 따른 방법론의 적극적인 모색을 통해 기성 문단에서 자기 세대만의 고유한 문학적 위상을 만들어나가려는 노력을 거의 찾아볼 수가 없기 때문이다. 아마도 이러한 점이 신세대 문학과 관련된 논쟁에서 시가 일정 정도 소외된 영역으로 남아 있을 수밖에 없는 이유일 것이다. 신세대 문학과 관련된 논쟁에서 문학 속으로 침투해 들어오는 상업주의의 위력과, 문학을 생산하고 수용하는 매체의 다변화가 가져오는 문학적 위상의 변화가 신세대 문학의 특성을 해명하는 중요한 논점으로 제기되고 있는 것이라면, 현재 젊은 시인들이 보여주는 시의 일반적인 경향은 그러한 문학 주변의 물리적 상황 변화의 영향력을 거의 받지 않고 있는 것으로 보여지기 때문이다. 그것은, 항간에 떠도는 말처럼, 시라는 장르 자체가 이미 자본주의 사회에서 상품으로서의 가치를 상실해버린, 더 이상 상업주의적 논리의 무차별적인 유혹의 손길이 미치지 않는 사양 산업의 길로 들어선 것이기 때문일까?

그러나 어쩌면 현재의 시가 놓인 이 기울어져가는 자리, 상업주의의 무차별적이고 달착지근한 유혹의 손길로부터 비켜서 있는 그 소외된 자리가 오히려 이 시대의 시를 더욱 시답게 하는 자리인지도 모른다. 시라는 장르 자체가 앓고 있는 자본주의의 소비 문화적 삶에 대한 부적응증, 다시 말해 시 자체가 예술품의 경제적 가치로의 환원이라는 상업주의적 논리에 더 이상 적합하지 않은 장르로 치부되고 있다는 사실이 어쩌면 거꾸로 이 시대에 시가 살아 있어야 할 진정한 이유일는지도 모르기 때문이다. 이 시대의 기울어져가는 삶의 변방에 서서 시는 이제 어떤 시원(始原)의 자리, 시원의 삶을 꿈꾸기 시작한다. 최근 젊은 시인들의 시에서 두드러지게 나타나는 상실감과 그리움의 정서로 가득한 복고적 회상의 아우라, 내밀한 주관적 감정 이입의 세계로의 정서적 몰입, 이미 삶에 지쳐버린 자의 노을 낀 환멸과 회한의 언어들은 어쩌면 이 시대 시의 그 기울어져가는 존재론적 위상을 투영하는 한 내면화된 정서적 반응이 아닐까? 젊은 시인들에게 이제 시는 점점 짙은 노스탤지어의 형식이 되어가고 있는 듯하다. 끊임없이 그들의 눈앞을 스쳐지나가는 이 시대의 현란한 첨단 소비 문화의 현장 속에서 어둠이 내려앉기 전의 노을 낀 저녁 하늘을 바라보며, 그들은 사라져버린 시원의 삶에 대한 우울한 노스탤지어의 언어들을 길어올리고 있는 것처럼 보인다. 젊음을 꽃피워보기도 전에, 그들은 이미 스러져가는 사양의 빛 속에서 자신의 삶 속에 깊숙이 들어와버린 늙음의 회한 어린 정서 속으로 침잠해 들어가고 있는 것이다.

그러나 이들 젊은 시인들에게도 한때 눈부신 속도로 변화하는 세계 속에서 그들이 지닌 젊음의 발랄하고도 도전적인 열정으로 시의 언어들을 날카롭게 벼리던 시기가 있었다. 어쩔 수 없는 매혹으로 그들의 감각을 사로잡는 그 첨단 소비 문화의 홍수 속에서 자신의 발랄한 시적 상상력을 키우며, 그들 세대가 지닌 첨단 문화에 대한 매혹과 반성의 미묘한 이중 심리를 하나의 새로운 시적 전략으로 밀고 나가던 그 시기의 대표 주자는 두말할 것도 없이 『무림일기』와 『바람부는 날이면 압구정동에 가야 한다』라는 시집을 통해서 자신의 세대적 입지를 확고하게 선언했던 유하일 것이다. 유하의 시들은 무협소설과 프로 레슬링·TV·영화 등의 대중 소비 문화뿐만 아니라, 정치인들의 정치 행각마저도 대중화된 쇼로 소비되는 사회, 그리고 이 시대가 낳은 그 소비 문화의 첨단을 대표하는 압구정동이라는 지역을 시의 무대로 끌어들여, 모든 문화 현상이 소모적이고 일회적인 상품으로 소비되어 버리는 이 키치적 문화 현상 속에서 성장한 젊은 세대의 자의식을 그들 특유의 날렵하고도 기지에 찬 풍자적 어법 속에 담아냄으로써 90년대의 현실에 대한 시적 대응의 새로운 지평을 열어보였다. 함성호의 경우에도 그의 시의 출발에서 건축 문화를 비롯한 이 시대의 첨단 문화적 소재를 시 속으로 끌어들여 이 눈부시게 황폐한 하이테크 시대에 대한 첨예하고도 그야말로 하이테크한 반성적 인식을 통해서 기술 관리 시스템에 의해서 지배되는 이 시대의 교묘한 억압적 삶의 징후들을 읽어내려는 노력을 보여준 바 있었다. 그러나 현대의 기술 관리 시대, 혹은 첨단 소비 문화 시대 속에서 성장한 세대들이 자신들의 성장의 무대가 된 그 문화적 현상들을 반성적으로 읽어내려는 노력에 바탕을 둔 그와 같은 전복적이고 탈엄숙주의적인 발랄한 시적 상상력은 그 이후 어떤 뚜렷하고도 지속적인 세대적 징후로 범주화시킬 수 있을 만큼 심화·확대되는 모습을 보여주지 못했다. 단절은 어느 날 급작스럽게 찾아왔다. 아니, 그 말은 틀린 말이다. 유하의 경우,

『무림일기』나 『바람부는 날이면······』에서 이미 그 이후에 전개될 그의 시의 새로운 방향 전환을 예비하는 징후들이 나타나고 있었기 때문이다. 그리고 유하의 그러한 새로운 시적 변모는 최근 젊은 시인들의 시에서 두드러지게 나타나는 시적 경향과 그 맥을 같이하는 것이라고 할 수 있다.

유하의 시는 키치 문화적 상상력과 농경 문화적 삶에 대한 그리움이 갈등하는 지점에서 출발하고 있다. 그의 시는 한편으로는 "아하, 본색은 간데없고 영웅, 스타들만 득실거리는 이 땅에 시산혈해의 / 홍콩 영화가 종교적으로 판을 치는 까닭이, 주윤발 롱코트 자락에 숨어 있었구나 할리우드 대부의 인가를 맡은 주윤발 교주가 화면의 법석에 앉으니 / 오빠! 오빠! 도성 안의 신도들이 야단법석이구나"(유하, 「싸랑해요 밀키스, 혹은 주윤발論」)에서처럼, 키치 문화적 현상을 키치 문화적인 수법으로 치고 빠지는 그야말로 촌철살인적인 게릴라적 상상력을 통해서 풍자하고 야유하면서, 또 다른 한편으로는

할머니 젖은 나락 말리시네
늦가실 장마비에 젖은 나락 말리시네
갈쿠리로 긁어모은 마른 솔잎 같은 늦가실 햇살에
젖은 나락 아지랑이 피우며 모락모락 말라가네
젖은 나락 아지랑이 속, 가마니 걸머진 할아버지 어른거리네

—「할머니, 젖은 나락 말리시네」 부분

라는 시에서처럼, 그가 떠나온 농경 문화적 삶에 대한 그리운 회상의 언어들을 슬로 모션으로 돌아가는 낡은 흑백 화면처럼 유장하게 풀어나가는 이중의 언술 구조를 보여주고 있다. 그 두 부류의 시들 가운데 우리에게 시인 유하의 이미지를 확고하게 구축시키는 데 커다란 기여를 한 것은 물론 전자의 시들이다. 키치 문화적인 현상에 매혹된 의식으로 그 문화적 현상의 허구성과, 그 문화적 현상을 둘러싸고 있는 정치 사회적 상황의 의미까지 비판적으로 읽어내리려는 유하의 기지에 찬 새로운 시적 어법에 가려져서, 농경 사회적인 삶에 대한 짙은 그리움으로 채색된 그의 시들은 그리 강한 인상으로 사람들의 마음속에 각인되지는 못했던 것 같다. 그러나『세상의 모든 저녁』은 이 시대의 첨단적인 문화 현상에 대한 게릴라적인 풍자적 언술로부터 멀리 벗어나 있는 유하의 또 다른 내면적이면서도 고전적인 서정의 세계를 보여주는 시들로 가득 차 있다. 유하의 시세계에서 그러한 시적 변모는 갑자기 튀어나온 것이라기보다는, 이미 말한 대로, '하나대'로 상징되는, 문명 사회에 의해 훼손되기 이전의 어떤 시원적인 삶의 정서에 그 정신적 지향의 뿌리를 내리고 있는 것으로 보인다.『세상의 모든 저녁』은 이런 의미에서 하나의 징후적인 독법을 가능케 한다. 이 시집에 수록된 시들은 주로 실연의 쓸쓸함을 고백하고 있는 일종의 연애시들이다. 한 여인에 대한 사랑과 그 사랑의 좌절을 노래하는 연애시의 형식을 빌려서 시인은 이제 시의 가장 고전적인 형태, 그 어떤 시적 시원의 자리로 돌아가려고 하고 있는 것일까?

시원의 자리에서 시는 하나의 노래이고 춤이었다. 서정시로 번역되는 lyric이라는 용어가 원래 악기의 이름이었다는 것은 예술적 시원의 형식으로서의 시가 춤과 노래 속에 담긴 인간의 원초적인 욕망의 자리에서 형성된 것임을 말해준다. 시가 춤 혹은 노래와 맺고 있는 근친적 관계는 동시에 시가 공동체적인 삶 속에서 예술이 담당했던 주술적 기능과도 밀접한 관련을 맺고 있는 것임을 말해준다. 원시 시대에 시가 담당했던 주술적 기능은 인간과 인간, 혹은 인간과 자연 사이의 깊은 내면적 교감이 가능했던 시대의 산물이라고 할 수 있다. 원시 시대의 인간들은 주술이라는 행위를 통해서 인간이 이해할 수 없는 이 세계의 모든 사물과 현상들에 어떤 영적인 의미를 부여하려 했으며, 그들이 자연 현상들에 부여한 그 영적인 힘을 통해서 원시 공동체 사회를 이끌어가는 조화로운 삶의 원리를 터득하는 지혜를 얻어내곤 했다. 이러한 세계에서 모든 자연 현상들은, 인간이 그 자연 현상들에 부여한 바로 그 신비스럽고 영적인 아우라를 통해서, 그것이 지닌 단순한 물상적 의미 이상의 외경과 공포의 대상으로 인간의 의식 속에 존재했다. 전통적 서정시의 기본적인 문법을 형성하고 있는 시적 대상에 대한 감정 이입의 논리는 바로 시가 지닌 그 본래의 주술적 상상력에 뿌리를 내리고 있는 것이라고 할 수 있을 것이다. 주술적 상상력이 인간의 삶을 둘러싸고 있는 물리적 대상들에 어떤 인간적 염원과 두려움, 외경심 등의 정신적 기운을 불어넣음으로써 그 물리적 대상과 인간 사이에 어떤 정서적 친화성의 공간을 마련하려 했던 예술적 욕망의 가장 원초적인 형태라고 할 수 있다면, 전통적인 서정시가 지닌 감정 이입의 논리 역시 외부 사물과의 정서적 일체감이나 친화적 정서의 소통이 가능하다고 믿었던 시대의 시의 문법이라고 할 수 있을 것이다. 이 말은 전통적 서정시가 보여주는 감정 이입의 논리가 인간의 내면과 외부 환경 사이의 근본적인 균열이 존재하지 않았던 시대, 주술적 상상력의 영적이고 비의적(秘義的)인 통합의 힘에 의해 인간 삶의 안팎에서 일어나는 모든 현상들이 공동체적인 삶의 아우라에 감싸여 있던 시대로부터 발원한 것이라는 의미를 담고 있다. 시원의 자리에서 시는 이 세계의 숨겨져 있는 어떤 원초적인 비의와 만남으로써 세계와 나 사이의 영적인 교감이 고양되는 순간에 터져나오는 일종의 자연 발생적인 영탄의 노래였다고 할 수 있다.

그러나 이제 그 시원의 물은 말라버리고, 인간과 세계 사이의 비의적이고 영적인 교감을 가능케 했던 삶의 조건들이 사라져버린 자리, 이 파편화된 세계의 폐허 속에서 이 시대의 젊은 시인들은 시인으로서 살아남기 위해 어떠한 생존의 방식을 선택하고 있는 것일까? 이 시대의 시의 자리에 내려앉는 황혼을 바라보며, 젊은 시인들은 낡고 삐걱거리는 목조 계단을 올라 오래 전에 죽은 유행가 가수의 노래를 듣고, 밤새워서 연애시를 썼다가는 끝내 부치지 못하는 고전적인 연애의 정서에 목말라하며, 아무도 없는 오래된 저수지에 내려가 홀로 한나절을 보내기도 하고, 겨울의 한계령에서 만난 나무가 보내오는 불타오르는 어떤 원초적인 생의 전언에 전율을 느끼기도 한다. 그들의 그러한 마음의 자리는 이미 가속화되어가는 문명의 속도에 취한 감각적 교성들로 들끓는 이 세속적 욕망의 자리로부터 멀리 떨어져 있다. 아니, 그들은 그들이 앓고 있는 이 타락한 세계와의 근원적인 부적응증을 다른 삶을 향한 희원, 이 타락한 삶의 밑자리에 희미한 흔적으로만 남아 있는 이미 사라져버린 삶에 대한 그리움으로 뒤바꾼다. 그 그리움 속에서 잃어버린 사랑을 기다리고, 그 황혼의 시간 속으로 엄습해오는 사랑의 추억에 가슴 아파하며, 오래 전에 나를 떠나버린 여인에게 부치지 못할 편지를 쓴다. 그 여인을 어떤 시원의 삶에 대한 메타포로 읽는다면, 그 부치지 못할 연시를 채우고 있는 것은 오래 전에 사라져버린 시원의 삶, 사랑하는 여인과의 충만하고 희열에 찬 영혼의 교감이 가능했던 시간에 대한 좌절된 갈망의 언어이다.

강가에 앉아 그리움이 저물도록 그대를 기다렸네
그리움이 마침내 강물과 몸을 바꿀 때까지도
난 움직일 수 없었네

바람 한 톨, 잎새 하나에도 주술이 깃들고 어둠 속에서
빛나는 것들은 모두 그대의 얼굴을 하고 있었네

매순간 반딧불 같은 죽음이 오고
멎을 듯한 마음이 지나갔네, 기다림
그 별빛처럼 버려지는 고통에 눈멀어 나 그대를 기다렸네
                            ──「너무 오랜 기다림」 전문

　저녁의 시간은 사라져버린 것들이 돌아와 추억의 명부에
자신의 이름을 새기는 주술의 시간이다. 이 저물어가는 시의
시대에 시인은 이제 시가 지닌 원초적인 주술의 힘을 빌려
다시 그 시원으로서의 시의 자리로 되돌아가려 한다. 그리움
이 호명하는 그 주술적인 비의의 시간 속에서, 어둠 속으로
사라지려는 순간 이 세계는 심연 속에 가라앉아 있는 시원의
가장 신성하고 비밀스러운 얼굴을 드러내보인다. 그러나 세
계가 어떤 순결한 정령의 빛으로 불타오르는 그 찰나적인 주
술적 순간이 지나간 뒤, 시인은 또다시 고통에 눈먼 죽음과
도 같은 오랜 기다림의 시간 속에 남겨질 뿐이다. 사라져버

린 삶의 시원성에 대한 갈망은 유하의 『세상의 모든 저녁』 어디에나 편재해 있다. 그 시원의 이미지는 "내 피멍울 든 지친 기억들아 / 철쭉꽃 속의 동굴로 가자 / 길게 목 늘여 들여다보면, / 처녀의 하늘이 / 몸 속 깊이 눈부시게 흘러 들어와 / 마음꽃 하나 은밀히 피우는 그곳으로"(「꽃의 동굴」)라는 구절이나, "해안선을 끼고 끝없이 펼쳐진 길가에 / 들풀처럼 앉아 있던 단발머리 소녀 / 난 그 아이의 응시하는 눈빛을 잊을 수가 없네 / 내 꿈의 발길도 그 눈빛의 처녀림에서 떠나왔으므로 / 지나는 바람이 첫 햇살의 세상과 몸을 섞어 / 길들이지 않은 구름의 길을 낳는 곳"(「구름의 길」)이라는 구절 등에서 '처녀의 하늘' 혹은 '눈빛의 처녀림' '첫 햇살의 세상' 등으로 표현되는 이미지이다. 유하의 시에서 그 시원의 이미지는 그 이전의 유하의 시들에서 나타나곤 하던 '하나대' 혹은 그 하나대에서 보냈던 어린 시절의 할머니에 대한 기억과 겹쳐 있다.

끊임없이 목숨을 지우려는 폐허의 힘과
온몸으로 폐허를 이겨내려는 목숨들이
팽팽하게 맞서는 그곳에서,

오래 봄비는 고통의 모래알 밟으며
세월보다 먼저 세월을 살아버린 할머니,

감꽃이 노을에 번져가듯 걸어 나오셨다
　　　　　　　　—「감꽃 피는 옛집으로」 부분

　유하의 시에서 하나대의 삶을 대표하는 할머니의 모습은
사라져가는, 그러나 그 사라져가는 노을 속에 어떤 시원을
향한 가슴 아픈 그리움을 우리의 가슴속에 새겨놓는 상실된
삶의 대표적인 이미지로서 그의 시 전체를 감싸안는 하나의
아련한 추억의 밑그림을 형성하고 있다. 시인은 말한다. "사
라지는 것만이 사라지는 것들을 생각한다"(「7월의 강」)라고.
그리고 "그리움 하나로 폐허를 견디는 것은 나의 일일 뿐"
(「폐허에 관하여」)이라고. 그렇다면 시인은 이제 시인 스스로
가 "나는 만화방에서 경인의 용가리 닭가리 / 임창의 땡이 시
리즈 보며 히히덕거리던 세대였다"(「인사동에서」)라고 말했
던, 한때 시인을 매혹시켰고, 그 속에서 그의 시적 상상력의
중요한 자양분을 제공해주었던 이 감각의 제국을 이제는 다
만 고통스럽게 견뎌내야 할 하나의 폐허로 인식하고 있는 것
인가?

　살아온 만큼 난 더러워졌고 또 더러워져갈 것이다
　그것을 돌이킬 수 없다는 절망감…… 버릇처럼 뒤돌아보면
　추억의 무덤가엔 어린 날의 내가 울고 서 있다
　날아가는 새와 영혼을 바꾸고 싶어

온종일 소나무 위 둥지만을 바라보던 그 아이
그 아이 생각을 하면 못 견디게 아프다
결국 이렇게 되어버렸구나 하는 생각,
길들여진 앵무새처럼 노닥대다가 킥킥대다가
더듬이 하나로 지상의 모든 욕망을 욕망하는
감각의 벌레가 되어 스멀스멀 기어가고 있다는 생각,
                              ──「환멸을 찾아서 5」부분

　자신이 시인으로서의 꿈을 키웠던 세계가 이제는 자신을
이 시대의 저물어가는 삶의 자리로 몰아넣고 있는 이 막다른
폐허의 시대, 그리고 이미 돌이킬 수 없을 정도로 자신의 삶
속에 깊숙이 들어와버린 그 감각의 제국, "길들여진 앵무새
처럼 노닥대다가 킥킥대다가" 어느새 그 감각의 제국에 중독
되어버린 삶에 대한 환멸을 가슴에 안고 시인은 이제 저물어
가는 추억의 무덤가를 서성인다. "멸망을 찬양하고 괴로워하
는 것도 사람들 몫"(「폐허에 관하여」)이라면, 그 멸망해가는
시인의 운명으로 "세상이 아주 버린 말들을 찾아 시를 짓듯"
(「삑삑새가 버린 울음으로」) 이 세상의 모든 저녁을 노래하며,
그리고 그 "저녁 숲이 끝나는 곳,/내 안의 푸른빛이 풀무치
처럼"(「저녁 숲으로 가는 길 2」) 우는 그 잃어버린 시원의 소
리를 꿈꾸며.
　장석남의 시들도 역시 사라져가는 것, 혹은 이미 사라져버

린 것에 대한 쓸쓸하고 애잔한 그리움의 한가운데에 서 있
다. 장석남의 시에서 그 쓸쓸하고 애잔한 그리움이 우리의
가슴속으로 스며드는 것은 그의 시의 곳곳에 배어 있는 짙은
센티멘털리즘의 정서를 통해서이다. 장석남의 시적 상상력
은 끊임없이 이 시대의 변방을 배회하고 있다. 잡음 섞인 유
성기판을 통해서 들려오는 배호의 노래, 작은 들꽃들이 바람
에 흔들리고 있는 버려진 공터, 삐걱이는 계단을 오르면 나
타나는 낡은 실내 장식의 오래된 다방, 길모퉁이의 기울어져
가는 구두 수선집과 "소변 금지 가위 그림 지나/대폿집을
발로 차고 나오는/물레방아 도는 내력을 지나/저녁을 따
라"(「저녁의 우울」)가는 70년대식의 낭만적 우울이 깃들인 마
음속의 풍경들. 장석남은 이 시대의 몰락해가는 서정 시인으
로서의 자신의 삶의 정체성을 그 기울어져가는 풍경들 속에
서 찾으려 하고 있는 것일까? 장석남의 시들이 보여주는 스
러져가는 삶의 이미지들에 대한 친화적 감정 이입의 정서는
시인의 삶을 끊임없이 변방으로 내모는 이 천박하고 표피적
인 욕망의 현실 속에서, 이 시대의 상처받은 시인됨의 자기
정체성을 확보하려는 힘겨운 노력의 한 표현인지도 모른다.
"地上에 없는 새/새에게 없는 지상"(「散策」)에서처럼, 장석
남의 시들은 본질적으로 자신에게 맞지 않는 이 세계, 자신
을 둘러싼 현실과의 깊은 영혼의 교감이 근본적으로 불가능
한 이 세계로부터 벗어나 스스로 사물들과의 친화적 감정 이

입이 가능한 사라져가는 변방의 세계 속으로 깊숙이 침잠해 들어감으로써 그곳에서 잃어버린 자신의 본래의 시인됨의 자리를 찾고 있는 것인지도 모른다. 이 세계의 사물들에 자신의 영혼의 숨결을 불어넣음으로써 그 사물들과 깊은 정서적 교감을 나누고, 이 세계와 내가 하나로 통합되는 그 정서적 일체감을 통해서 현실적인 삶의 고통과 상처를 치유받으려 한다는 점에서 장석남의 시적 상상력은 전통적 서정시가 지닌 주관적 감정 이입의 논리에 그 깊은 뿌리를 내리고 있다고 할 수 있다.

> 나는 오래된 정원을 하나 가지고 있지
> 삶을 상처라고 가르치는 정원은
> 밤낮없이 빛으로 낭자했어
> 〔……〕
> 새들이 날아가면 공중엔 길이 났어
> 새보다 내겐 공중의 길이 더 선명했어
> 어디에 닿을지
> 별은 받침대도 없이 뜨곤 했지
> 내가 저 별을 보기까지
> 수없이 지나가는 시간을 나는
> 떡갈나무의 번역으로도 읽고
> 강아지풀의 번역으로도 읽었지

〔……〕
내 오래된 정원은 침묵에 싸여
고스란히 다른 세상으로 갔지
그곳이 어디인지는 삶이 상처라고
길을 나서는 모든 아픔과 아픔의 추억과
저 녹슨 풍향계만이 알 뿐이지   ──「오래된 정원」부분

현재의 삶이 상처라고 가르치며 시인의 마음속에 살고 있는 오래된 정원, 그것은 아마도 시인의 시적 상상력이 솟아나오는 원천, 그 시원의 이미지일 것이다. 새가 날아간 공중의 길, 받침대도 없이 뜨는 별, "시간을 발 밑에 묻고 있는 꽃나무" "이마 환하고 그림자 긴 바윗돌" 등, 시원성을 가리키는 상징적 표상들로 가득 차 있는 그 오래된 정원에의 추억 속에서 시인은 자신을 둘러싸고 있는 현실의 시간을 끊임없이 훼손되지 않은 자연의 언어들로 번역해낸다. 그러나 그 시원의 자리는 녹슨 풍향계가 아득히 가리켜보이는 침묵의 저편으로 아픔과 아픔의 추억만을 남긴 채 하염없이 사라져갈 뿐…… 그 시원성의 상징은 이를테면 "천둥이 하늘을 깨쳐 보여준 그곳들을 /영혼이라고 하면 안 되나 /가깝고 가까워라 /그 먼 곳 // 이 땅에 팍팍 /이마를 두드리다 이내 /제 흔적 거두어 /돌아간 /오후 한때 /소나기 行者들 /쫓아간 /내 영혼"(「소나기」)이나, "내가 네 가슴속에 묻어둔 항아리에

서/때로 무슨 소리가 들리나/들어봐라/감나무잎이 한순간 저녁빛에 환히 붉을 때 첫/눈이 오다"(「첫 겨울」)와 같은 구절에서 나타나는, 삶의 순간순간 "이 땅에 팍팍/이마를 두드리다" 사라지는, 시인의 마음속에 현재의 삶보다 더 절실한 갈망으로 살아 있는 어떤 순결한 생의 이미지라고 할 수 있을 것이다.

유하와 장석남뿐만 아니라 최근의 젊은 시인들에게서 자연과 추억, 그리고 저녁의 시간에 대한 심리적 경사는 그들의 시를 이끌어가는 상상력의 주요한 원천으로 자리잡고 있는 것 같다. "인간들보다 하얀 자작나무를 믿는 저녁이다/사회보다 자연을 믿는 저녁이다/국가보다 오래 전부터 밀려오는 파도를 믿는 저녁이다/[……]/주먹보다 쓸쓸하게 나를 나뭇잎 지는 저녁을 믿는 아침이다"(「전화보다 예감을 믿는 저녁이 있다」)라고 거침없이 토로하는 박용하에게 저녁의 시간이 자작나무와 자연과 오래 전부터 밀려오는 파도의 시간이라면, 아침은 인간들과 사회와 국가의 시간이라고 할 수 있다. 그에게 그 저녁의 시간은 "세상에서 세상 밖으로 이어진 길들"(「구부러지는 것들」)의 시간이며, 그 길 위에서는 "구석기의 나무"들이 "始原의 푸른 물줄기를 콸콸 불뿜"으며(「靑銅 구릿빛 나무들의 노래 1」) '자연의 국가'를 숨쉬고 있다. 박용하의 시가 보여주는 나무의 이미지에 대한 집요한 심리적 집착은, "나무들 그들만이 그들의 生의 저 홀로 흔들려 바로 서는 절대의 자세를 안다. 〔……〕 나는 이 전무후무한 학교에서 맛본 생의 불굴의 투지를 흡인한다. 〔……〕 나무는 나무들은 그들만이 그들의 생의 저 홀로 흔들려 저 홀로 꿈 불타는 절대의 독립을, 절대의 가능으로 불가능의 삶을 확확 살아낸다"(「나무 앞에서」)라는 구절들에서, 시인에게 다만 절벽이며 치욕으로 다가올 뿐인 이 세기말의 삶에 세뇌되지 않는 어떤 절대적인 시원의 삶을 향한 욕망으로 나타난다. 이 세기말의 폐허를 뚫고 올라오는 시원성의 나무, 세기말의 불가능한 시원성의 삶을 하나의 상징으로 확확 살아내는 그 절대의 나무는 박용하의 시의 중심적인 이미지이자, 그의 시에 어떤 도전적인 활기를 불어넣고 있는 상상적 힘의 원천이다. 장석남이나 이윤학과는 달리, 박용하의 시에는 몰락의 운명을 심리적으로 수락한 바탕 위에서 이루어지는 어떤 무기력한 패배와 체념의 그림자가 별로 엿보이지 않는다. 박용하의 시는 시인에게 주어진 그 패배의 운명을 자신의 어둡고 쓸쓸한 내면적 언술 속에 가두어버리는 것이 아니라, 그것을 오히려 세상을 향해 퍼붓는 거침없는 요설로 만들어버림으로써, 절망으로부터 튕겨져나오는 어떤 시적 탄력성 같은 것을 지니고 있는 듯하다.

그러나 이윤학의 경우에 그 패배의 운명은 그의 시 속에 넘어설 수 없는 깊은 절망의 심연으로 가라앉아 있다. 그 절망 속에는, 이를테면 장석남의 시가 보여주는 것과 같은 최

소한의 자기 위안적인 센티멘털리즘의 기미조차 깃들여 있
지 않다. 장석남의 시에서 복고적인 삶의 양식에 대한 시인
의 심미적 친화감과 깊은 연관을 맺고 있는 듯한 그 센티멘
털리즘의 정서는, 매우 폐쇄적인 정서이기는 하지만, 최소한
시인으로 하여금 사라져가는 세계에서 그가 느끼는 어떤 희
미한 잔상의 아름다움을 통해서 자신이 놓인 폐허의 현실을
견디게 하는 하나의 내면적 힘으로 작용하고 있는 듯하다.
그러나 이윤학의 시들은 온통 폐허 그 자체의 이미지들로 채
워져 있다. 그의 시에서 시인의 시선에 붙잡힌 모든 대상들
은 무너져 있거나 바스라지고 있는 중이거나, "상처를 견디
기 위해 / 악착같이 몸을 구부리고 있"(「쥐며느리」)거나 "더
미끄러질 곳 없어 / 허리 부러지는 나뭇가지, / 견딜 수 없는
짐을 지고 / 절벽을 타오르고 있다"(「견딜 수 없는 짐을 지
고」). 자신을 둘러싸고 있는 모든 대상들을 빠져나갈 길이
없는 자신의 폐허와도 같은 삶의 메타포로 만들어버리는 그
절망적인 풍경의 한가운데서 시인은 말한다. "生活이, / 그것
이 어려웠다 / 마음의 거울이라도 깨고 / 밖으로 / 멀리, / 뛰쳐
나가고 싶은 적이, 나라고 / 왜 없었겠는가"(「이발소에서」)라
고. "사과나무 밑은 수없이 / 긁혀 있다 나는 언젠가 / 붉게
익은 열매를 가졌던 적이 있다"(「목장」)라는 구절 속에는 그
삶의 폐허로부터 뛰쳐나가고 싶은 시인의 마음 한자락이 가
슴 아픈 추억의 이름으로 새겨져 있다. 시인은 그 추억의 쓸

쓸함을 안고 자신의 마음속의 저수지로 내려간다.

> 하루종일,
> 내를 따라 내려가다보면 그 저수지가 나오네
> 내 눈 속에 오리떼가 헤매고 있네
> 내 머릿속에 손바닥만한 고기들이
> 바닥에서 무겁게 헤엄치고 있네
>
> 〔……〕
>
> 거꾸로 박혀 있는 어두운 산들이
> 돌을 받아먹고 괴로워하는 저녁의 저수지
>
> 바닥까지 간 돌은 상처와 같아
> 곧 진흙 속으로 비집고 들어가 섞이게 되네
> ──「저수지」부분

그러나 시인이 찾아간 그 저수지에는 이미 저녁의 어두운 산그림자가 드리워져 있고, 그 저수지에 던져진 돌은 괴로운 상처가 되어 시인의 마음 밑바닥의 진흙밭 속으로 파고든다. 오리떼가 헤매고 손바닥만한 고기들이 헤엄치던 시인의 마음의 거울, 그러나 지금은 던져진 돌의 상처로 괴로워하는 저녁의 저수지의 모습은, 삶 속에서 끊임없이 "추억의 폐허를 확인"(「砂金 2」)하는 시인의 완전히 절망해버린 어두운 마음의 풍경일는지도 모른다. 그러나 유하와 마찬가지로 이윤학 역시 "追憶은, 廢墟를 건너기 위해 있는 것이 아닌가"(「한낮의 풀밭」)라고 말할 때, 이미 사라져버린 시원의 삶에 대한 추억은 어쩔 수 없이 이 시대의 막다른 골목에서 무력하고 고통스러운 삶을 이어나갈 수밖에 없는 시인에게 주어진 마지막 마음의 거처인지도 모른다. 노을이 지는 무덤가에서 시드는 꽃을 바라보는 마음으로 삶의 폐허를 건너가는 시인의 마음속을 채우고 있는 것은 그 시드는 꽃에 대한 짙은 비애감이다.

창문에 번진 노을을 바라보고 있는데

내가, 내 무덤 속을 들여다보고 있다는 느낌이 든다

차 한잔 마시러,
오랜만에 찾아온 찻집

무덤 앞에서 시드는 꽃들을,
바라보고 있다는 생각을 하기에 이른다
　　　　　　　　——「그 찻집은 구름 속일 수도 있었고」 전문

유하나 장석남·박용하·이윤학뿐만 아니라, 설화적인 혹
은 신화적인 소재들을 독특한 주술적인 언어들로 풀어내는
듯한 최근의 함성호의 시들이나, 아버지와 황소가 한 몸으로
어우러져 힘차게 쟁기질하는 모습에서 인간의 원시적인 건
강한 삶의 이미지를 떠올리는 차창룡의 시들, 혹은 "이 세상
것이 아닌 마음/이 세상 것이 아닌 형체/아무도 내가 왜 유
독 저녁의 노래만을/부르는지 모른다/젖은 태양과 흐릿한
어둠 속으로/사라져가는 것들의 뒷모습을"(「저녁의 노래를
들어라」)이라고 노래하는 박형준 등의 시들을 대하면서, 우
리는 타락한 문명 세계에 의해서 훼손되지 않은 시원성의 삶
을 향한 향수 어린 감정 이입적 언술 방식이 최근의 젊은 시
인들이 선택한 주요한 시적 생존의 전략이라는 생각을 갖게
된다. 그러나 이들 시인들의 시에서 시원성의 이미지들에 대
한 심리적 경사가, 그들에게 단지 폐허로 인식될 뿐인 현대
적 삶에 대한 하나의 대타적 정서로서의 의미를 갖는 것이라
면, 김태동의 경우에는, 현재의 삶과 시원성의 이미지를 잇
는 추억이라는 매개적 정서가 배제된 채, 시원성의 원초적인
이미지 그 자체만으로 이루어진 독특한 시세계를 보여주고
있다. 그의 시들은

  물가에 나무 한 그루 홀로 서 있다 물 속에 나무가 물 속으로

나무가 걸어 들어간다 휘적 휘적 물 먹는 나무들 물고기들이
환하게 등불을 켜고 먹으며 비명을 털고 잎이 돋고 척척 달라
붙으며 물 먹는 시체에 떨며 生을 찌르며 오오 환한 현기증 불
잎같이! 두 눈 벼히는 물 속 뱀아 날아다니는 그대 가혹한 하늘
정말 이것은 흐르는 흘러다니는, 姚인가 죽은 어미인가
                      ——「이것은 흐르는 碑이다」부분

와 같은 시에서처럼, 마치 무슨 주문을 풀어놓은 듯한 불합
리하고도 혼란스런 언어들과 이미지들의 뒤엉킴을 통해서
원초적인 주술성의 세계로 우리를 이끌고 가는 듯한 느낌을
불러일으킨다. 김태동의 시가 보여주는 이러한 언어와 이미
지들의 혼란스러운 뒤엉킴은 이 시대의 합리적이고 규범화
된 언술 속에 억눌려 있는 사물들의 어떤 원초적이고 비의적
인 아우라를 주술적 언술의 힘을 통해 불러들이는, 그럼으로
써 현대의 삶 속에 어떤 시원적인 이미지의 공간을 재구성해
내려는 언어적 노력으로 읽을 수 있지 않을까? 어쨌든 나에
게 김태동의 시들이 지닌 해석 불능의 미묘한 언술적 장치들
은 시가 원래 이 세계의 감추어진 사물들의 혼을 부르는 비
의적인 주술적 언술 형태로부터 출발했다는 점과 밀접한 관
련이 있어 보인다.
　그렇다면 최근의 젊은 시인들은 왜 이토록 사라져가는 세
계의 이미지에 집착하는 것일까? 최근의 젊은 시인들이 보

여주는 나와 세계 사이의 분열 없는 정서적 일체감이 가능했을 시원성의 세계에 대한 갈망은, 최근 그들의 시의 보편적인 문법을 형성하고 있는 전통적인 서정시의 자기 동일화된 감정 이입적 언술 방식과 더불어, 그들의 시들을 급변하는 사회의 가속화된 변화의 흐름 밖에 일정한 거리를 두고 비켜서 있게 하는 것 같다. 그들은 그들 밖에서 이루어지고 있는 변화의 흐름 속으로 뛰어들기보다는, 자신의 밀폐된 내면 세계 속으로 칩거해 들어가면서, 그 이전의 그들의 시가 보여주었던 이 세계에 대한 풍자와 해체와 야유의 언술 방식을, 추억의 세계에 대한 서정적 몰입의 언술 방식으로 바꾸고 있다. 풍자와 해체와 야유가 의식과 대상의 충돌을 바탕으로, 그 의식의 튕겨져나가는 힘에 의해 대상 그 자체의 어떤 내적 균열을 의도하는 언술 행위라고 할 수 있다면, 서정적 감정 이입의 언술 행위는 대상이 의식 속으로 동화되는, 그럼으로써 대상과 의식과의 정서적 통합의 공간을 지향하는 언술 행위라고 할 수 있을 것이다. 젊은 시인들은 이제 파괴가 불가능해 보이는 이 거대한 소비 사회의 위용 앞에서, 저 모래 벌판 너머에서 신기루처럼 어른거리는 사라진 삶의 잔영을 바라보며, 세계와 영적으로 교감하고 그 세계의 내부에 감추어진 비의적 아우라를 온 힘으로 불러내던 주술사로서의 시인의 자리로 되돌아가려 하고 있는 것일까? 한사코 과거의 말라버린 샘을 찾아나서는, 그 시원의 자리로의 우울한 방법적 귀환, 그것은 이 천박한 감각의 제단 위에서 이 시대의 이미 늙어버린 젊은 시인들이 그들에게 주어진 몰락의 운명을 온몸으로 견뎌나가는 마지막 자존의 선택인지도 모른다. 그러나 젊은 시인들에게 찾아든 그 때 이른 늙음을 바라보는 우리의 마음은 무겁다. 어쩌면 그들은 이 감각의 제국이 그들에게 부여한 기울어져가는 시인의 운명을 너무 손쉽게 수락해버림으로써, 이 타락한 세계와의 싸움의 무대로부터 너무 빨리 후퇴해버린 것은 아닐까? 실제로 최근 우리 시단에 감돌고 있는 어떤 침체의 기운은 젊은 시인들의 그와 같은 때이른 늙음과 무관하지 않을 것이다. 진정 이 감각의 제국 속에서 시는 이제 영원히 시원을 향해 흔드는 노스탤지어의 손수건으로서만 존재해야 하는 것일까? 지금 우리에게 더 절실하게 필요한 것은 그 감각의 제국 속에서 온몸으로 뒹굴며 그 감각의 견고한 성벽에 미세하고도 은밀한 균열을 가할 어떤 모반(謀叛)의 언어들을 벼려나가는 일, 바로 그 전략적인 시적 젊음의 회복이 아닐까?

추억, 혹은 이미지의 신기루를 좇는
텅 빈 현존의 삶
──『세운상가 키드의 사랑』을 통해 살펴본 유하의 시

흘러간 것은 생이 아니라 흘러간 생이다. 나는
흘러간 생을 통해 흘러갈 생을 만진다.

이미지의 유혹, 영원히 붙잡을 수 없는 나비 율동,
그 텅 빈 리얼리티가 내게 끝없는 갈증을 선사했고
내 가슴을 온통 빛나는 서글픔으로 물들게 했다.
──유하,『이소룡 세대에 바친다』에서

때로 현재의 시간 속으로 물밀져오는 아련한 추억의 무늬
들이 우리 삶의 한가운데로 엄습해 들어와 아득한 회한의 심
연이나, 아늑한, 혹은 쓰라린 그리움의 공간 속으로 우리를
데리고 가버리는 순간이 있다. 마치 앙상하게 가지만 남은
겨울 나무 사이로 자욱하게 내려앉는, 어둠을 머금은 저녁의

청동빛 안개 입자들처럼, 추억이 현실의 삶보다 더 절실한 그 비현실의 세계로 우리를 데리고 가버리는 시간, 현재 진행형의 삶이 문득 낯선 얼굴을 지어보이며 그 신비를 품은 청동빛 안개 입자들 속으로 풀려버리고, 어두운 마음의 밑바닥으로부터 솟아오른 과거형의 뒤엉킨 문장들, 느낌들이 우리의 의식을 걷잡을 수 없이 사로잡아버리는 순간들이 있다. 과거를 뒤돌아보는 시간, 아니 과거 스스로가 현재의 각질화된 삶의 껍질을 뚫고 생생한, 그러나 "영원히 붙잡을 수 없는 나비 율동"처럼 어지럽게 부유하는 이미지들로 다가오는 시간은 어쩌면 우리가 찰나의 영원성을 체험하는 시간일지도 모른다. 과거의 어느 순간에 체험된 현실은 추억 속에 몸담그는 순간, 그것을 현재의 시간 속으로 끌어들이는 사람의 의식 내부에서 끊임없이 반추되고 재생되는 이미지의 공간으로 흡수된다. 과거의 찰나적 현실은 이미지의 세계 속에서, 그 이미지가 기억의 회로 속을 떠돌아다니는 만큼의 시간성을 부여받게 된다. 그 기억의 시간이란 인간에게 부여된 육체적인 소멸의 운명을 피해갈 수 없는, 그러나 그 육체적인 소멸의 운명과 팽팽하게 대치하고 있는 마음의 시간이기도 하다. 삶, 혹은 서서히 진행되는 죽음의 지루하고도 완만한 시간의 흐름 속에서 추억의 긴 시간 속을 떠도는 그 텅 빈 리얼리티의 부유하는 이미지들의 유혹은 끊임없이 소멸의 나락으로 추락해버리는 찰나적 생의 현실들을 그 소멸의 나락으로부터 되건져올리려는 마음의 안간힘과 손을 맞잡고 있는 것인지도 모른다. 추억한다는 것은 죽음을 향해 가는 생의 순간들을 이미지의 세계 속에 붙잡아둠으로써 소멸해 가는 삶의 덧없음을 견디어내려는 욕망에 다름아닐 것이다. "흘러간 생은 생이 아니라 흘러간 생"이라는 것, 시인은 '생' 그 자체가 아닌 '흘러간 생,' 바로 그 추억의 이름으로 이미지화된 생을 통해서 현재의 삶뿐만 아니라 미래의 삶까지도 견디어낸다.

그러나 추억의 회로 속에서 배회하는 사람은 그 추억의 힘으로 삶의 덧없음을 견디어내는 과정을 통해 이미 소멸해가는 삶의 덧없음을 자신의 운명으로 수락해버린 사람일지도 모른다. 실존적 삶의 생생한 열정이 빠져나가버린 텅 빈 이미지들의 유혹, 그 유혹이 불러일으키는 "온통 빛나는 서글픔으로 물"든 갈증, 그것은 "시간, 사랑, 마음, 청춘 따위들, 그래 난/그 헛되이 보낸 것들에게만 운명적으로 온 관심을 쏟아왔다/정확하게 말하면, 난 허송세월에 매달려/헛됨을 기리는 자이다"(「阿庚正傳, 또는 허송세월」)라는 시구에서처럼, 시인이 견디어온 허송세월, 그 삶의 덧없는 심연을 들여다보는 자의, 어쩌면 "허송세월을 걸어가기 위한" 필사적인 생존의 한 몸짓인지도 모른다. 추억을 들여다보는 삶, 그것은 현재의 시간 속에서 과거를 사는 삶이며, 그 속에는 미래가 아닌 과거를 통해 끊임없이 자신의 실존적 삶의 아이덴티

티를 확인하려는 의식의 몸부림이 숨어 있다. 마치 우리에게 내일은 없다라는 소리없는 외침처럼, 그러한 몸부림 속에는 이미 현란한 욕망의 환상 속에 탐닉하는 삶의 텅 빈 내부를 들여다본 마음, 그리하여 환상으로부터 환멸로 이르는 길, 그 음울한 폐허의 삶을 거쳐온 마음의 정처없음이 깃들여 있다. 그리고 어쩌면 그것은 유하 개인의 정서만이 아닌, 미래의 이름으로 제시되는 어떠한 빛나는 환상에도 마음 기댈 수 없는 이 시대의 한 세대적 정서를 투영하고 있는 것인지도 모른다. 그 세대는 현대사의 질곡이 개인에게 부과하는 정신적 억압과 더불어 절박한 물질적 생존에의 고투에 짓눌린 채, 도덕적 엄숙주의라는 잣대를 통해 삶을 바라보던 세대와, 결핍이 가져다주는 비틀린 선망의 정서나 억압된 도덕적 자의식 없이 이 시대의 넘쳐나는 물질적 풍요와 현란한 욕망의 기호들을 삶의 자연스러운 현상으로 즐기고 소비하는 세대 사이에 끼여 있는 세대라고 할 수 있을 것이다. 유하의 시들이 보여주는 세대적 정서는 이른바 '잘살아보세'라는 구호에 자신의 삶을 저당잡혀 한때 '한강의 기적'이라는 이름으로 불려진 경제적 부에 대한 환상을 향해 숨을 헐떡이며 질주해온 세대의 것도, 민족이나 국가의 이름을 내건 거창한 명분보다는 개인적 삶의 현재성을 자유롭게 탐닉하면서 자본주의 체제가 제공하는 물질적 풍요의 혜택을 아무런 도덕적 저항감 없이 소비하는 세대의 것도 아니다. 내가 보기에

유하의 시들이 보여주는 중심적인 정서는 한국에서의 자본주의적 경제 구조가 생산의 양식으로부터 소비의 양식으로 그 무게중심을 옮겨오는 과도기적 시간을 살아온 사람들의 세대적 정서와 겹쳐 있는 것 같다. 시인이 '이소룡 세대'라고 명명한 그 세대는 홍콩의 무술 영화, 만화방, 불량 비디오, 진추하, 문희, 존 덴버 등의 대중 스타들, 라디오의 심야 프로에서 흘러나오는 팝송들, 해적 레코드판, 야전 전축 등으로 이루어진 대중 문화의 토양 속에서 유년기에서 청년기에 이르는 성장기의 가장 민감하고도 격정적인 통과제의를 치러낸 세대이다.

그러나 유하의 시에서 이소룡 세대의 정서는 이미 70년대적 대중 문화의 정서 그 자체는 아니다. 그것은 유하가 말하는 '광의의 압구정동,' 그 90년대적 첨단 소비 문화의 세계를 거쳐, 시인이 돌리는 추억의 영사기를 통해 끊임없이 낡고 희미한 흑백 필름의 화면으로 되살아나는, 아득한 회상의 아우라에 둘러싸인 정서이다. 다시 말해 유하의 시에서 나타나는 이소룡 세대의 정서는 90년대적 삶을 통해 바라본 70년대의 정서이며, 따라서 90년대적 삶 속에 몸담고 있는 시인의 내면적 삶과 미묘한 길항 관계에 놓여 있는 것이라고 할 수밖에 없다. 김현 선생이 유하를 가리켜 "키치 중독자인 동시에 키치 반성자이다"라고 한 말은 70년대에서 90년대에 이르는 세대간의 변화 사이에 끼여 있는 유하 시의 그러한 길항적 정서를 적절하게 잘 요약하고 있는 말이라고 할 수 있을 것이다. 유하의 시가 보여주는 이소룡 세대의 정서는 『바람부는 날이면 압구정동에 가야 한다』의 세계를 거쳐 나온 정서이며, 동시에 『세상의 모든 저녁』에로 나아가는 도정에 서 있는 정서이다. 그런 점에서 『세운상가 키드의 사랑』은 내게 『무림일기』에서 『바람부는 날이면 압구정동에 가야 한다』『세상의 모든 저녁』에로 이르는 유하의 시적 여정이 하나로 흘러드는 하나의 잠정적인 기착지와도 같은 시집으로 여겨진다. 나는 이 글을 통해 『세운상가……』가 보여주는 세계를 비평가로서의 위치에서가 아닌, 유하와 비슷한 세대적 감성을 공유하고 있는 독자 가운데 한 사람의 시각으로 읽고 싶다. 그리하여 유하라는 텍스트를 통해 현재의 나를 둘러싸고 있는 이 혼란스러운 삶의 내부를 좀더 깊숙이 들여다보고 싶은 것이 지금 이 글을 쓰고 있는 나의 개인적인 욕망이다.

『세운상가……』는 시인이 놓여 있는 현실적 삶의 육성이 유난히 강하게 배어나오는 시집이다. 물론 이전의 시집들에서도 자기 진술의 경향을 지닌 시들을 찾기는 어려운 일이 아니지만, 『세운상가……』의 경우, 시인의 자기 진술은 한층 더 절박한 고통의 육체성을 수반하고 있는 것으로 느껴진다. 어떠한 시적 작위도 느낄 수 없는, 시인을 사로잡고 있는 고통의 밑바닥으로부터 솟아올라 그대로 하나의 시로 응고된 듯한 그 육체성의 언어들은 시인이 겪고 있는 내면의 고통을 손으로 만지는 듯한 생생한 육체적 실감으로 다가온다. 그 고통의 언어들이 내 현재적 삶의 공간 속으로 흘러들어와, 발설될 통로를 찾지 못한 채 안으로 뒤엉켜 있던 내 마음의 언어적 통로를 열어주던 순간의 체험, 『세운상가……』에 대한 나의 이 글은 시인의 언어와 독자의 내면이 가장 행복하게 조우하는 바로 그 순간의 체험에 기대어 씌어질 것이다.

유하의 시에서 울려나오는 모든 추억의 언어들 내부에는 시인을 둘러싸고 있는 불우의 삶, 그 결핍과 상실의 흔적들이 새겨져 있다. 의식의 내면 속으로 파고들어가 시간의 지층 속에 켜켜이 파묻혀 있는 지나간 기억의 화석들을 캐내는 시인의 언어들은 그 불우의 삶을 온몸으로 견디어내려는 언어들이다. 그 화석화된 시간 속에서 건져올리는 추억의 이미지들은 "현실이 빠져나간 시간의 바깥"(「사진 속엔 그녀가 살지 않는다」)에 있는 이미지들, 한 장의 사진 속에 붙박인 찰나적 생의 흔적으로서만 존재하는 이미지들이다. 사진 속에 찍힌 이미지는 텅 빈 현존의 시간 속에서 끊임없이 재생되는 추억의 시간 속으로 시인을 이끌고 간다. 현존의 삶 대신에 이미지의 환각에 기대어 사는 삶, 그것은 사라져버린 것들을 통해서 덧없이 사라져버릴 현존의 허망함을 이겨내려는 욕망의 다른 이름일 것이다. 사진 속엔 그녀가 살지 않지만, 사진이라는 이미지의 세계 속에서 그녀는 불멸하는 죽음을 사는 것이다.

내 망막 저편에 움직이는 그녀 느낌의 지느러미,
혹은 그녀가 감춘 외설의 나비 율동,
난 내 감각의 바늘로 그 보이지 않는 피사체들을
고정시키고 싶다 오, 내가 열망한 건 미라의 언어
모든 피사체들은 렌즈 속에서 불멸하는 죽음을 산다

죽음이라는 방부제가 모든 삶의 절실한 이미지들을
그대로 보존시켜줄 것이다
난 마음의 셔터를 누른다, 덧없이 사라질 이 순간
모든 매혹의 풍경들을 종이 피라미드에 미라로 가두길 꿈꾸며
　　　　　　　——「사진 속엔 그녀가 살지 않는다」 부분

　유하의 시들을 이끌고 가는 것은 "모든 삶의 절실한 이미
지들" 혹은 "모든 매혹의 풍경들"을 추억이라는 렌즈를 통해
응고된 언어의 성 속에 가두어두려는 욕망인지도 모른다. 너
무나 짧은 생의 열락의 순간, 혹은 "살아 있음의 엑스터시"
그리고 그 후에 찾아드는 지루하게 반복되는 권태로운 일상
의 삶, 그 속에서 시인은 "난 넋을 미치도록 쥐어짜, 發光한
다 / 저 무심한 우주의 필름 속에, 살아 펄떡대는 / 이 호흡하
는 순간의 관능을 새겨놓기 위하여"(「사진기 속의 우주」) 끊
임없이 이미지의 바닷속으로 투신한다. 시를 쓰는 행위란 결

국 "모든 소멸하는 것들은 이름을 욕망한다 / 나는 소멸하는 모든 것에 이름을 붙이고 싶다 / 소멸을 향하여 움직이는 것들은 / 이름을 붙이는 그 순간, 필사적인 환희의 전체로 정지한다"(「태풍의 작명가를 위하여」)라는 구절이 의미하는 것처럼, 언어적 틀을 통해 현존하는 사물들을 이미지의 세계 속으로 이끌어들이는 것, 그럼으로써 현존하는 모든 사물을 소멸의 어둠 속으로 빨아들이는 시간의 힘에 저항하는 일에 다름아닐 것이다. "그리고 많은 날들이 흘러갔다 / 시간이라는 인부의 힘에 의해, 풍금은 / 그것을 추억하는 이들의 가슴으로 옮겨져갔다"(「풍금이 있던 자리」)라는 시구에서 시간의 힘에 저항하는 글쓰기란 바로 시간이라는 인부의 힘에 의해 추억 속으로 옮겨진 그 옛날의 풍금 소리를 현재의 삶 속으로 되불러오려는 욕망의 언어적 실현이다. 유하의 시에서 시간의 망막 저편으로 사라져가는 사물들을 추억의 이름으로 재생되는 이미지의 투망 속에 가두려는 행위는 끊임없이 소멸하는 현존의 찰나적 삶, 그 공허한 무(無)의 현실 속에서 어떤 전체성의 비전을 이끌어내려는 욕망으로 이어져 있다. "나 이 순간, 살아 있다 / 나 지금 세상과 한없는 한몸으로 서 있다"(「그리움을 견디는 힘으로」)에서 아무런 마음의 균열 없이 세상과 한몸으로 살아 있음을 생생하게 체감하는 순간으로 표현되는 그러한 전체성의 비전에 대한 욕망은 또한 『세상의 모든 저녁』의 시적 상상력의 핵을 이루고 있는 시원성의 세계를 향한 욕망과 통해 있는 것이라고 할 수 있다. 『세운상가……』에서도 시인이 세계를 바라보는 시선의 근본 바탕을 형성하고 있는 것은 바로 그러한 시원의 삶을 향한 욕망이라고 할 수 있다. 그러나 유하의 시에서 그러한 시원의 세계를 향한 욕망은 언제나 어떤 몰락, 혹은 소멸의 이미지와 겹쳐 있다. "지금 이 순간의 몰락을 위해 / 한나절 몸을 환하게 태우던 탱자나무꽃 / 저무는 보리밭 잔등을 넘어가는 등굽은 황소, / 눈부신 구릿빛 방언들, 생애 첫 저녁을 맞이하듯 / 몰락하는 곳에서 빛의 새들을 날려보내는 자들은 아름답다"(「저물녘을 노래하다」)라는 시에서처럼, 시인에게 시원의 세계에 대한 비전이 찾아드는 시간은 모든 사물들이 황혼의 빛 속에서 눈부신, 그러나 곧 사라질 잔상의 희미한 그림자를 이끌며 몰락해가는 순간이다. 소멸의 어둠 속으로 빨려드는 순간, 마치 환영과도 같이 시인의 망막 속에 맺혔다 사라지는 그 시원의 이미지들은 부재를 통해서만 자신의 모습을 드러내는 이미지들이다. 그리하여 시인이 "생의 첫 두근거림이 눈빛의 저녁 속으로 역습해온다 / 고엽이면서 꽃봉오리인 그 무엇, / 축제와 죽음의 뫼비우스 띠"(「재즈 9」)라고 말하거나, "난 담담하게 말할 수 있다 / 세상의 모든 아침은 이미 사라졌노라고"(「풍금이 있던 자리」)라고 말할 때, 시인이 꿈꾸는 시원의 이미지들 속에는 축제와 죽음, 혹은 그리움과 절망이 하나의 몸체로 뒤엉켜 있다. 축제의 이미지들은, 혹은 그 이미지들을 향한 그리움은 결코 그 순간으로 돌아갈 수 없다는 죽음의 절망감을 통해서만 시인에게 찾아드는 것이다.

좌절된 시원성의 세계에 대한 갈망은 유하의 시 밑바닥에 깔려 있는 이 시대의 시인으로서의 삶에 대한 고통스러운 자의식과 긴밀한 연관을 맺고 있다. 유하의 시에서 하나의 배경음처럼 울려나오는 것은 이 시대에 시를 쓴다는 것, 아니 시인으로서 존재한다는 것은 무엇인가라는 끊임없는 자의식적 물음이다. 시가 이미 삶에 대한 어떠한 전체성의 비전도 제시해줄 수 없는 시대, 아니, 이 세계가 더 이상 그러한 전체성의 비전을 요구하지 않는 시대, 무의미하게 반복되는 일상적 삶 속에서 모든 상투화되고 세속화된 가치들이 시원이라는 신성성의 세계로 이르는 길을 차단해버린 시대의 시인의 삶이란 폐인의 삶, 곧 저주받은 자로서의 운명을 감내할 수밖에 없는 삶이다.

하지만 난 편입의 안락과 즐거움 대신
일탈의 고독을 택했다 난 집 밖으로 나간다
난 집이라는 굴레가, 모든 예절의 진지함이,
그들이 원하는 사람 노릇이, 버겁다
난 그런 나의 쓸모 없음을 사랑한다
그 쓸모 없음에 대한 사랑이 나를 시 쓰게 한다

〔……〕

달이 몰락한다 난 이미, 달이 몰락한 그곳에서
둥근 달을 바라본 자이다
달이 몰락한다, 그 속에서 미처 빠져나오지 못한
내 노래도 달과 더불어 몰락해갈 것이다.

　　　　　　　　　　　　　　──「달의 몰락」 부분

　이미 일상적 삶의 안락과 즐거움 속에 도사리고 있는 허구
의 의미를 읽어버린 시인에게 일상이 요구하는 모든 상투화
된 삶의 덕목들은 하나의 굴레로 여겨질 수밖에 없을 것이
다. "이미, 달이 몰락한 그곳에서 둥근 달을 바라본" 시인에
게 삶이란 일탈의 고독과 더불어 몰락하는 달의 운명을 끝까
지 살아내는 일일 뿐이라는 것, 그 비극적 운명에의 예감은
유하의 시 도처에서 울려나온다. 그 비극적인 운명에의 예감
속에는 "온 우주의 문밖에서 난 유일하게 달과 마주한다 / 유
목민인 달의 얼굴에 난 내 운명에 대한 동의를 구하지만 / 달
은 그저 냉랭한 매혹만을 보여줄 뿐이다 / 난 일탈의 고독으
로, 달의 표정을 읽어내려 애쓴다 / 그렇게 내 인생의 대부분
은 달을 노래하는 데 바쳐질 것이다"(「달의 몰락」)에서처럼,
냉랭하게 차단된 매혹의 이미지로 시인과 마주하고 있는 달,
그 되돌아갈 수 없는 시원성의 은유를 통해서 시인됨의 자기

정체성을 확인하려는 안간힘이 실려 있다. 그리고 또한 거기에는 "마음의 진창, 그것은 내 유일한 여정 / 나는 아무것도 깨닫지 않으리라 / 그리고 내게 주어진 것은 시를 쓰며 / 기를 쓰며 살아가기, 느낌의 여성성에 기대어 / 세월의 불안, 경멸과 모독 기다림 따위들을 견디며 난 / 길 위의 먼지 묻은 사과를, 형편없는 푸른 사과를 산다"(「모텔, 카사블랑카」)에서처럼, 일탈의 삶이 가져다주는 온갖 마음의 진창 속을 뒹굴며, 이미 세속의 먼지를 뒤집어쓴 채 신성의 빛을 상실해버린, 그러나 시인에게 남겨진 그 유일한 "희망만한 크기의 / 푸른 사과를 만지"며 이 세계 속에서의 삶을 견디어나갈 수밖에 없다는 고통스러운 자기 확인의 어조가 실려 있다.

유하의 시에서 나타나는 세운상가로 상징되는 추억의 세계로의 몰입, 혹은 재즈의 선율에 대한 강한 매혹은 이 시대의 저주받은 시인의 운명에 대한 시인의 자의식이 선택한 비극적인 삶의 길을 우리에게 예시해준다. 시인에게 세운상가로 대표되는 추억의 세계는 "학교를 저주하며 / 모든 금지된 것들을 열망하며, 나 이곳을 서성였다네"(「세운상가 키드의 사랑 1」)에서 암시되는 것처럼, 제도적인 일상의 바깥에서 떠도는 삶, 위반과 방탕의 늪지를 존재의 거처로 선택한 시인이 자신의 운명적인 삶의 행로를 추체험하는 공간이다. 싸구려 대중 문화의 온갖 찌꺼기들이 모여드는 그곳에서 제도의 바깥으로 밀려난 모든 금지된 욕망들을 탐욕스럽게 흡입하면서, 시인은 그 금지된 욕망들이 뒤엉켜 있는 좁은 길을 통해 위반과 불온에의 상상력으로 들끓던 성장기의 한때를 걸어나온다.

흠집 많은 중고 제품들의 거리에서
한없이 위안받았네 나 이미, 그때
돌이킬 수 없이 목이 쉰 야외 전축이었기에
올리비아 하세와 진추하, 그 여름의 킬러 또는 별빛
포르노의 여왕 세카, 그리고 비틀즈 해적판을 찾아서
비틀거리며 그 등록 거부한 세상을 찾아서
내 가슴엔 온통 해적들만이 들끓었네
해적들의 애꾸눈이 내게 보이지 않는 길의 노래를 가르쳐주
었네

교과서 갈피에 숨겨논 빨간책, 육체의 악마와
사랑에 빠졌지, 각종 공인된 진리는 발가벗은 나신
그 캄캄한 허무의 블랙홀 속으로 빨려들어가고
나 모든 선의 경전이 끝나는 곳에서 악마처럼
착해지고 싶었네, 내가 할 수 있는 짓이란 고작
이 세계의 좁은 지하실 속에서 안간힘으로 죽음을 유희하는
것,
〔……〕

56

금지된 生의 집어등이여, 지하의 모든 나를 불러내다오
나는 사유의 야바위꾼, 구멍난 영혼, 흠집 가득한 기억의 육
체들을
별빛의 찬란함으로 팔아먹는다네
——「세운상가 키드의 사랑 1」 부분

유하의 시에서 세운상가를 둘러싸고 있는 추억의 세계는
단순히 성장기의 한때 누구나 거쳐왔을 금지된 세계에 대한
막연하고도 은밀한 동경의 체험, 불량스러운 세계에 대한 일
시적인 심리적 이끌림이라는 통과제의적 정서의 차원에 머
물러 있는 것이 아니다. 그것은 추억이라는 연결 고리를 통
해 시인의 현재의 삶으로 이어지면서, 시인의 삶 전체를 떠
받치고 있는 어떤 운명적인 체험의 공간이라고 할 수 있다.
시인에게 세운상가의 세계는 단순히 과거에 지나와버린 세
계가 아니라 추억이라는 이미지의 공간 속에서 시인이 놓여
있는 현재성의 삶의 자리를 되비추는 거울과도 같은 세계인
것이다. 그 세계는 단순한 과거의 세계가 아니라 추억된 과
거의 세계이며, 따라서 추억하는 의식의 삼투 작용을 통해
과거의 체험과 현재의 삶이 끊임없이 길항하는 세계인 것이
다. 결국 시인이 추억의 언어를 빌려 보여주고자 하는 것은
자신이 놓여 있는 현재의 삶이다. 그 추억의 길은 몸 밖이 아
닌 몸 안의 길, "난 이미 낡아버린 신발로 미래를 추억하였

다/길이 끝나는 곳에서, 그 길은/내 암흑의 내부를 걷기 시작했고/비 내리는 내 기억들의 필름이 몸을 풀어/길의 미래가 되어주었다"(「내 몸을 걸어가는 길」)에서처럼, 과거를 통해 미래를 사는 길, 몸 밖의 길이 끝난 곳, 그 텅 빈 현존의 삶 속에서 시인에게 다가온 캄캄한 절망의 길인 것이다. 미래를 향한 모든 길이 끝나버린 곳에서, 아니, 그 모든 길이 끝나버렸다고 절망해버린 마음속에서 추억은 이미 삶의 리얼리티가 빠져나간 텅 빈 이미지의 환영을 풀어 시인을 둘러싸고 있는 현재형의 삶, 그 절망의 현존을 견디는 마음의 길 하나를 열어놓는 것이다.

유하의 시에서 추억의 세계와 현재의 삶을 하나로 이어주는 것은 "등록 거부한 세상을 찾아서" 떠도는 의식이다. 그리고 그 의식을 받쳐주는 기본적인 정서가 바로 키치 문화적 감성이다. 키치 문화의 세계는 제도화된 삶의 틀을 거부하며 끊임없이 금지된 것들을 열망하는 시인의 성장기적 갈증을 받아준 유일한 공간이다. "해적들의 애꾸눈" 혹은 "금지된 生의 집어등"이 가리켜보이는 길을 따라 제도화된 위선의 삶 대신에 스스로 위악과 방탕의 늪지대 속으로 빠져드는 삶, 그것은 상처투성이의 영혼으로 욕망의 진창 속을 뒹굴며 죽음과 절망을 노래하는 이 시대의 저주받은 시인의 운명을 예시해주는 삶이다. 시인은 그 제도화된 삶의 뒷골목 속으로 흘러드는 모든 지하의 욕망들과 죽음의 유희를 벌이면서, 부

패해가는 흠집투성이의 영혼의 입을 빌려 오래 전에 사라져
버린 별빛의 찬란함을, 혹은 무지개의 사랑을 노래한다.

> 고담市의 뒷골목에 뒹구는 쓰레기들의 환희, 유혹
> 나의 뇌수는 온통 세상이 버린 쓰레기의 즙,
> 몽상의 청계천으로 출렁대고
> 쓸모 없는 영혼이여, 썩은 저수지의 입술로
> 너에게 무지개의 사랑을 들려주리
> 난 구정물의 수력 발전소,
> 난지도를 몽땅 불사른 후의 에너지
> ——「세운상가 키드의 사랑 3」 부분

　세상이 버린 쓰레기들의 환희와 유혹, 그 후미진 키치 문
화의 세계 속에서 자신이 걸어가야 할 운명의 길을 예감하는
시인의 삶은 끊임없이 욕망을 욕망하고, 욕망의 기호들을 탐
닉하는 삶이다. 이미 시인이 갈망하는 삶의 시원, 그 진정한
생의 리얼리티가 사라져버린 세계 속에서 시인은 그 텅 빈
삶의 공허를 대신할 이미지의 신기루를 찾아 방황한다. "세
운상가, 욕망의 이름으로 나를 찍어낸 곳" 혹은 "내 욕망의
허기가 세운상가를 번창시켰다"(「세운상가 키드의 사랑 2」)라
고 시인이 말할 때, 키치 문화의 세계가 시인에게 제공해준
것은 금지된 욕망이라는 이름으로 찍어내는 이미지들의 매

혹, 그리고 그 이미지들의 매혹에 중독된 삶이다. "네가 욕망
하는 거라면 뭐든 다 줄 거야/환한 불빛으로 세운상가는 서
있고/오늘도 나는 끊임없이 다가간다 잡힐 듯 달아나는/마
음 사막 저편의 신기루를 향하여,/내 몸의 내부, 어두운 욕
망의 벌집이 웅웅댄다/그렇게 끝없이 웅웅대다가 죽음을 맞
으리라"(「세운상가 키드의 사랑 2」)에서처럼, 마음의 허기는
끝없이 욕망의 신기루를 갈망하고, 욕망의 신기루는 끝없이
마음의 허기를 연장해가는 삶, 끊임없이 헛된 매혹의 신기루
를 찾아 헤매는 그 중독된 허기의 악순환 속에서 시인은 "인
생이라는 환각에 취해 널 부른다." 벗어날 수 없는 캄캄한
절망의 진흙탕을 뒹굴며 모든 썩어가는 것들과 더불어 결코
닿을 수 없는 아름다움의 영토, 그 헛된 신기루의 세계를 향
해 바득바득 기어가는 그 중독된 삶 뒤에 찾아들 환멸과 겉
늙은 파국의 미래에 대한 예감 속에서, 시인은 "개처럼, 쿡
쿡, 웃었지 잔뜩 무게 잡고 있는 세상을 향해" "변방의 한 시
인이 거대한 세계의 수챗구멍을 들여다보며" "썩어가는 모
든 것들이여, 모든 쓰레기들의 악령들이여,/내게로 임하라
내가 썩으며, 장미 먹는 벌레처럼/아름다움의 영토를 토해
내리니"(「드루 배리모어, 장미의 이름으로」)라고, 마치 절규하
듯, 혹은 신음하듯 말하는 것이다.

　「세운상가 키드의 사랑」 연작을 비롯한 일련의 추억 시편
들이 보여주는 세계는 각종 대중 문화가 제공하는 욕망의 기

호들로 이루어진 이미지의 세계일 뿐만 아니라, 그 이미지들을 회상이라는 정서적 회로를 통해 추억의 이미지들로 재구성해내는 세계라는 점에서 입구정동으로 상징되는 키치 문화의 세계와 구별된다. 세운상가의 시편들에서 키치 문화가 제공하는 욕망의 이미지들은 그 이미지를 둘러싸고 있는 회상의 아우라와 겹쳐짐으로써 이미지의 이중성을 지니게 된다. 과거에 시인을 사로잡았던 욕망의 이미지들을 다시 추억의 빛바랜 영상으로 되살려내는 시인의 어조를 둘러싸고 있는 향수 어린 그리움의 아우라는 "끈질기게 허송세월을 걸어가"(「阿庚正傳, 또는 허송세월」)는 고통스러운 현재의 삶 속에서 지나온 시간을 통해 시인됨의 자기 정체성을 확인받으려는 시인의 절실한 욕망과 밀접한 함수 관계를 맺고 있다고 할 수 있다. 따라서 추억 속에서 재구성된 키치 문화의 허황한 이미지들의 세계 속에는 "허송세월에 매달려 헛됨을 기"리는 시인의 절박한 현재적 삶의 육성이 내재해 있다. 이 시대의 시인됨의 비극적 운명에 대한 그러한 절박한 인식은 이러한 시편들로부터 압구정동 시편들에서 보이는 키치 문화에 대한 반성적 거리감을 무화시키면서, 자기 진술적 어조가 갖는 강한 정서적 몰입을 불러오는 요인으로 작용하고 있다. 압구정동 시편들에서 속도감 있게 펼쳐지는, 자조와 풍자가 뒤섞인 발랄한 어조는 압구정동 문화에 대한 매혹과 비판의 탄력적인 길항의 정서를 바탕으로 그 문화의 허구적인 이면

을 실감나게 까발리는 시적 효과를 낳고 있다. 그러한 효과
는 기본적으로 압구정동 문화에 매혹당한 자신의 의식을 반
성적으로 대상화하는 시인의 태도에서 나온 것이라고 할 수
있다. 그러나 세운상가 시편들에서 키치적 욕망의 세계는 시
인이 겪고 있는 고통스러운 현재적 삶의 내적 의미를 반추하
기 위한 하나의 전략적 거점으로서의 의미를 지니고 있다.
그 세계는 반성적 대상화 이전에, 몰락해가는 시인됨의 운명
에 대한 시인 자신의 고통스러운 예감과 완전한 정서적 일체
감을 이루고 있는 세계이다. 아마도 이러한 차이는 압구정동
적 키치와 세운상가적 키치 사이에 놓여 있는 시간적 거리감
뿐만 아니라, 그 두 문화 사이에 놓여 있는 질적 변화와도 무
관하지 않을 것이다. 세운상가의 키치가 위반과 금지의 세계
를 꿈꾸는 모든 불온한 욕망들을 향해 열려 있는 키치라면,
압구정동의 키치는 차가운 쇼 윈도 너머에서 빛나는 차단된
매혹의 이미지들을 통해 계층적 위화감을 심화시키면서 첨
단 자본주의 문화의 첨병으로 기능하는, 이미 위반의 불온성
이 거세되어버린 키치인 것이다. 말쑥한 정장들의 세계 밖으
로 밀려난 어둡고 질척한 뒷골목의 키치와 쇼 윈도에서 휘황
찬란한 불빛의 호위를 받으며 오만하고 매혹적인 자태를 드
러내놓고 있는 키치 사이에는, 이미 앞에서도 말한 것처럼,
생산의 시대에서 소비의 시대로 넘어오는 한국 자본주의의
급박하고도 파행적인 전개 과정이 자리하고 있다. 시큼한 키

치에서 달콤한 키치로, 뒷골목에서 뒹굴던 문화의 폐기물들은 이제 불온성의 뇌관을 뽑아버린 채, "새롭게 재생되는, 폐기물들의 환희"(『이소룡 세대에 바친다』, p. 146)로 자본주의 문화의 전위, 그 압구정동의 현란한 쇼윈도의 세계 속으로 입성하는 것이다.

『세운상가……』에서 세운상가를 중심으로 한 추억의 시편들은 「재즈」 연작과 더불어 시인의 과거와 현재의 삶을 잇는 하나의 일관된 내적 연결 고리를 형성하고 있다. 「재즈」 연작들에서 시인은 정해진 멜로디의 행로를 벗어나 자유롭고 즉흥적인 변주가 가능한 재즈의 선율, 혹은 그와 같은 선율의 삶을 살다 간 재즈 뮤지션들의 삶과 죽음을 통해 자신이 걸어온, 그리고 걸어가야 할 삶의 길을 바라본다. "서른셋, 갈수록 멀리 쓸려가는 삶 / 재즈처럼, 예정된 멜로디의 행로 바깥에서 / 한참을 놀다, 아예 길을 잃었네"(「재즈처럼 나비처럼」)라고, 혹은 "운명이여, 나를 내버려두게나 / 즉흥적으로 이 세상에 와서 / 재즈처럼 꼴리는 대로 그렇게 살다 가리니"라고 시인이 노래할 때, 재즈처럼 예정된 멜로디의 바깥에서 사는 삶은, "내 사춘기의 스승은 세운상가였지"라는, 혹은 "난 이미지의 노예야"(「재즈 1」)라는 시인의 말과 하나로 이어져 있다. 그것은 끊임없이 "독약의 감미로운 향기"에 몸을 맡긴 채, 충전된 영혼의 불타오르는 찰나의 절정을 향해 끊임없이 나비처럼 날아오르려는 욕망의 삶이다. 권태롭게 반

복되는 일상의 삶 속에서 이미지의 환영을 통해 그러한 절정
의 순간 속으로 빠져들려는 욕망은 결국 그 이미지의 텅 빈
현실 속에 드리워져 있는 죽음과 절망의 검은 그림자를 자신
의 운명으로 떠안을 수밖에 없다.

> 이제 장미는 문을 닫았다, 나 오솔길이 끝나는 곳에서
> 한숨 짓는다, 축제의 폭죽은 싸늘한 먼지로 사라지고
> 펄럭이던 혀와 술잔은 어둠의 얼룩으로 메말라 있다
> 흩날리는 머리칼, 웃는 얼굴들, 마음의 은밀한
> 기타통을 울려대던 햇살의 관능적인 손가락, 사랑은 늘
> 눈빛의 과녁 옆으로 미세하게 비껴나는
> 나비의 움직임 같은 것이었다, 바랜 꽃잎처럼
> 떠나버린 여인들의 자리, 그 여백만큼 갈라진
> 시간의 물살만이 빠르게 그 육체들을 추억했다,
>   ──「술과 장미의 나날」 부분

술과 장미의 나날, 한때 불타오르던 사랑과 환희의 폭죽은
시간의 물살과 함께 빠르게 추억의 저편으로 사라져버리고
그 후에 찾아드는 폐허의 정적 속에서 시인에게 남겨진 것은
"벌떼의 날갯짓, 그 온갖 말들의 황홀한 소란이 끝내／침묵
이란 무덤을 알아차릴 수 없도록" "향기의 해골에 기대어"
"나 주크박스처럼 끝없이／노래" 부르는 일이다. 이미 사라

져버린 환희의 시간들, 끊임없이 죽음의 블랙홀 속으로 빨려들어가버리는 그 절정의 시간들의 헛된 이미지들을 좇아 "두서 없는 재즈의 육체"(「재즈 2」)에 몸을 맡기는 삶, 그것은 "난 마음의 질병과 함께 살아갈 거야/그가 마침내 나를 지겨워할 때까지"(「재즈 4」)나, "살아 있음이여,/난 끝내 절망하지 않겠다/다만 절망을 연주해갈 뿐,"(「재즈 9」)에서와 같이 예정된 악보 밖의 삶, 그 삶의 질병, 혹은 마음의 진창을 통해 노래의 에너지를 충전시키며, 일탈의 고통을, 폐인으로서의 시인의 삶을, 텅 빈 이미지들의 나비 율동을 좇아 끝없이 추억의 갈피를 뒤지는 마음의 갈증을, 그리고 그 추억의 이미지들을 통해 이미 미래를 다 살아버린 겉늙은 마음의 끊임없는 불협화음을 죽음에 이르기까지 짙어지고 가는 삶을 의미할 것이다. 그 삶의 끝에서 시인을 기다리는 것은 무엇일까? "한바탕 울음이 빠져나간 후의 쓸쓸함"(『세상의 모든 저녁』 自序), 혹은 "육체의 온갖 느낌들은 세상의 손가락 사이로/흔적도 없이 빠져나가고/난 울음을 그친 소나무처럼 우두커니 서 있"(「재즈 9」)는, 어떠한 욕망도 절망도 깃들이지 않는 적요한 마음의 평화? 다음의 시 한 구절은 절망과 고통의 끝간데에서 시인의 마음속에 떠오른 그 적요한 풍경의 한 편린을 보여준다. 그 적요의 풍경 뒤에서 시인이 나아갈 시적 여정은 또 어느 방향으로 이어져 있는 것일까? 그 적요의 풍경 속에 깊숙이 마음을 담그며 나 또한 지금 시인

과 더불어 "존 콜트레인이 연주하는 마음의 나라에서 / 언어
를 버리고 실컷 울"(「재즈 7」)고 싶다.

아픈 몸 다 아파서 구름이 되고
허공이 된 사람들,
산 자의 위안처럼 무덤은 둥글고
난 생의 이편에 기대어
영원이 잠든 그의 세션맨들을 추억한다
숲을 지나는 바람처럼
세상을 건너간 육체들   ——「재즈 9」 부분

견고한 의지와 투명한 무구의 세계
──조은과 함민복의 최근 시들에 대하여

삶과 죽음 사이에 놓인 아슬아슬한 간극, 죽음을 향한 원심력과 삶을 향한 구심력이 팽팽하게 맞서는 지점에 간신히, 우리의 현재가 매달려 있다. 그 현재의 내부로부터 토해내듯, 혹은 스며나오듯 끊임없이 부글거리며 우리의 마음의 동공 속에 고여가는 언어들. 그 언어들에 새겨진 "뿔뿔이 몰려다니는 의혹" 같은, 혹은 "터널 속 믿음"(조은, 「안개 속에서 사람들은」) 같은 한줄기 아슬아슬한 삶이 바로 우리가 놓여 있는 현재의 얼굴이다. 조은의 시들은 그렇게 삶과 죽음 사이의 어둡고 비좁은 틈새에서 팽팽히 당겨졌다가 어느 순간 팽팽히 조여드는 언어적 긴장으로 가득 차 있다. 그녀의 시들은 대개 다가설 수 없는 어떤 거대한 물체 앞에서 그것을 뚫고 나아가려는 힘과 그 힘을 억누르는 또 다른 힘이 맞물려 홀로 마음속의 고통스러운 긴장과 이완을 되풀이하고 있는 듯한 언어들로 이루어져 있다. 조은의 언어들은 활처럼 등을 구부린 채 웅크리고 있는, 고통에 대한 어떤 완강하고 고집스러운 견딤의 자세를 연상시킨다. 그것은 절망한 자의 자폐적인 몸짓처럼 느껴지기도 하고, 또는 뻑뻑한 현재를 뚫고 나가려는 어떤 힘겨운 도전을 시도하고 있는 몸짓처럼 느껴지기도 한다. 아니, 그것은 기실 그 둘을 합친 몸짓이라고 할 수 있을 것이다. 마치 죽음으로 삶을 이기려는 몸짓과 삶으로 죽음을 이기려는 몸짓이 둘이 아니라 하나인 것처럼, 조은의 시들에서도 삶은 끊임없이 죽음에 끌려가는 힘으로 자신의 고통스러운 실존을 견딘다. 죽음이란 결국 삶의 타자화된 얼굴일 뿐이다.

그러나 『무덤을 맴도는 이유』에 실린 조은의 시들에서 「묘비명」이나 「무덤을 맴도는 이유」 등을 비롯한 두세 편의 시들을 제외하면, 죽음이 자신의 얼굴을 명료하게 드러내는 일은 매우 드물다. 때문에 죽음이라는 코드를 가지고 조은의 시세계를 들여다보려고 하는 것은 시집의 제목으로부터 인위적으로 조장된 선입견을 무분별하게 시 해석에 적용하려고 하는 행위로 받아들여질 수도 있다. 그러나 조은의 시들을 좀더 자세히 들여다보면, 죽음은 고통스러운 삶을, 끝없이 벼랑 끝으로 밀려나는 그 삶 속의 시간을 힘겹게 버팅기고 있는 시인의 내면 속에 출렁거리는 이명으로 고여 있다. 조은의 시들을 이해하기 위해서 우리는 죽음을 끌어안으며 무겁게 몸을 뒤채는 그 침묵의 이명에 귀기울여야 한다.

  비는 내리고
  나무들이 낮아지는 하늘을 흔들고 있다
  높은 새집이 위태롭다
  빗속에서 이 하루의 남은 빛을
  나무는 뿌리 끝까지 잡아당긴다
  어둡다
  오늘도 病 같은 우리를 덮치는 밤은
  어디에서 오는지
  온갖 소리들이 젖어 몸에 감기고
  기둥 같은 내 슬픔도 완강하게 불어난다
  어둠은 늘 내 몸에서 시작된다
  내가 있는 곳은 유독 어둡고
      ——「나무는 뿌리 끝까지 잡아당긴다」 부분

 이 시를 가득 채우고 있는 것은 모든 사물들을 어둠으로 물들이며 마치 질병처럼 우리를 덮쳐오는 암울한 죽음의 기운이다. 그 엄습해오는 죽음의 기운에 저항하며 하루의 남은 빛을 뿌리 끝까지 잡아당기는 나무의 은유는 그래서 더욱 처연한 모습으로 다가온다. "어둠은 늘 내 몸에서 시작된다/ 내가 있는 곳은 유독 어둡고"라고 말하는 시인의 의식 속에서 죽음의 기운은 시인의 실존 위에 거둬낼 수 없는 숙명의 그림자처럼 어른거린다. 그러나 자신의 존재론적 근거가 이 세계와 근원적으로 어긋나 있다는 생각, 자신과 이 세계 사이에 놓인 불화의 심연을 막막하게 들여다보는 시인의 의식 속에 자리잡고 있는 것은 완강하게 불어나는 기둥 같은 슬픔이다. 이 시에서 슬픔에 대한 수식으로 동원된 '기둥 같은'이나 '완강하게' 같은 말들은 삶 속에 도사리고 있는 죽음의 그림자를 견디어내는 시인의 자세가 결코 수동적인 것만은 아니라는 암시를 우리에게 던져준다. 그와 같은 수식어들은 조은의 시들에서 느껴지는, 고통스러운 삶을 버팅기는 어떤 고집스러운 인내의 자세와 무관하지 않을 것이다. 조은의 시들에서는 고통에 대해서 말할 때에도 그 고통의 언어들을 함부로 발설하려 들지 않는, 다시 말해 시인 스스로 자신의 내부에 고여 있는 그 고통의 언어들과 맞서려는 묘한 저항 심리가 느껴진다. 그 때문에 조은의 시들을 읽으면서 우리는 종종 그의 언어들 내부에 완고하게 도사리고 있는 어떤 침묵에의 의지 같은 것들이 그녀의 시 속으로 틈입하려는 우리의 시 읽기를 가로막고 있다는 느낌에 사로잡히게 된다. 아마도 그것은, 조은의 시들이 한편으로는 무엇인가를 지시하면서 다른 한편으로 그 지시 대상을 숨기려 하는 어떤 이중적인 힘에 의해 추동되고 있다는 느낌과도 무관하지 않을 것이다. 조은의 시에서는 고통의 내부에 고여 있는 부글거리는 발설에의 의지와 그것을 가로막는 발설에 대한 자의식, 다시 말해 자신의 고통을 쉽사리 밖으로 드러내보이지 않으려는 자의식 사이의 팽팽한 대치가 느껴지는 것이다. 조은이 과작의 시인인 것도 그와 어떤 관련이 있지 않을까? 시인의 그 침묵에의 의지를 통과해 나와 가까스로 한 편의 시로 형체화되는 언어들. 그래서인지 조은의 언어들에서는 고통 속에 함부로 몸을 실어버리지 않는 어떤 단단하고 견고한 의지가 엿보인다. 그 단단한 힘 속에서 우리가 느낄 수 있는 것은 자신의 고통스러운 삶에 대해 마음의 거리를 두려는 시인의 어떤 안간힘 같은 것인데, 아마도 그 힘은 시인을 끊임없이 절망의 어두운 심연으로만 몰고 가는 이 세계에 대해 시인이 지킬 수 있는 마지막 자존심, 혹은 위엄 같은 것이라고 말할 수 있을는지도 모른다.

그러나 "그는 순간적으로 몸을 굽혔습니다 두 팔로 제 몸을 껴안았습니다 그렇게 그는 멈춰 선잠에서 깬 어린아이처럼 울고 있었습니다 몸을 잔뜩 굽히고 딱딱해지려는 마그마처럼"(「물이 굽는 곳에서」)이라는 표현에서처럼, 더 이상 상처받지 않기 위해 고통 속에 딱딱하게 몸을 웅크리고 있는 듯한 시인의 언어들 내부에는, "뿌리로 내리는 눈〔目〕처럼 인골을 차며 가는 사막의 낙타처럼 나 살고 싶어 흔들거리는 바위 같은 덧나는 상처 같은 순간도 살고 싶어 늪처럼 젖어 깊은 상처들이 안개로 일어서는 거라도 보며 버둥대며 탈진하며 나 이곳에 살고 싶어"라는 시인의 소리없는 외침이, 혹은 "육체와 정신이 따뜻한 물길처럼 닿으며 / 편안히 저물 저녁은 먼가 / 아직도 먼가!"라는 간절한 희원이 담겨 있다. 조은의 시들에서 육체와 정신이 따뜻한 물길처럼 섞이는 삶에 대한 강렬한 희원은 "삶이여, 죽음에 닿아보는 이 순간은 / 너도 내게서 쉬고 있구나!"나, "알 수가 없다 / 내가 자꾸 무덤 곁에 오는 이유 / 무덤 가까이에 몸을 뒤야 / 겹겹의 모래구릉 같은 하늘을 이고 / 나를 살게 하는 것들이 / 무덤처럼 형체를 갖는 이유"에서처럼, 죽음에 저항하려는 의지이기보다는 죽음을 끌어안고 죽음을 자신이 짊어진 삶의 피할 수 없는 운명적 조건으로 수락함으로써 끊임없이 죽음으로 이끌려가는 고통스러운 삶의 긴장을 견디어내려는 몸짓이라고 할 수 있다. 시인이 "인골을 차며 가는 사막의 낙타처럼 살고 싶"다거나, "버둥대며 탈진하며 나 이곳에 살고 싶"다라고 말하는 것도 그러한 맥락에서 이해될 수 있다. 조은의 시에서 시인을 죽음 쪽으로 끌고 가는 힘과 시인에게 삶에의 의지를 불러일으키는 힘은 끊임없이 시인의 내부에서 부대끼고 서로를 끌어당기면서 시 전체에 어떤 긴장된 의식의 출렁거림을 불어넣고 있다.

숲으로 들기가 무서워 나는 정신을 놓고
숲 가장자리를 서성거려요 이 순간 하늘이

홍해처럼 닫혀지고 낮달이 몸 속에 붉은 氣를
품고 있는 것이 보이는군요 숲으로 들지 않고
나는 한 가지 깨달음에 떨어요 숲의 물은
옹이가 지느라 몸살을 해요 돌들은
출구를 닫느라 딱딱하지요
하찮은 깨달음도 내겐 너무 더디고 언제나
후끈거리는 숲을 겉도는 내가 부끄러워
아무도 만나고 싶지 않아요
나는 지금 온몸을 白旗로 흔들며 서 있어요
내가 내 속으로도 들지 못하고 꾸물거리는 동안
앞서간 사람들은 단물을 마실 거예요 그들이
오래 머무는 곳에서 숲은 융기해야 하겠지요
내 앞에 수백 년 묵은 숲이 있고요
　　　　　　　　　──「오래 머무는 곳에서」 부분

　화자의 앞에는 오래된 숲이 있다. 그 숲은 정체를 알 수 없
는 힘을 품은 채 후끈거리고, 숲과 그 앞에서 서성거리는 화
자 사이에는 어떤 팽팽한 긴장이 감돌고 있다. 시의 화자는
숲 안으로 들지 못한 채 왠지 모를 두려움과 부끄러움에 떨
며 끊임없이 숲 주위를 겉돌고 있다. 그렇다면 화자의 앞에
서 꿈틀거리며 알 수 없는 힘으로 후끈거리는, 화자에게 다
가설 수 없는 두려움의 대상이면서 동시에 화자로 하여금 끊

임없이 그 주변을 서성거리게 하는 열망의 대상이기도 한 그 수백 년 묵은 숲은 과연 무엇인가? 이 시에서 그 숲의 지시 대상은 매우 모호하다. 우리가 감지할 수 있는 것은 다만 시 전체를 관류하고 있는 어떤 열기 띤 출렁거림의 기운이다. 그 숲의 이미지는 시인의, 드러내려는 욕망과 감추려는 욕망이 서로 맞부딪치는 어떤 역동적인 힘의 한가운데에 놓여 있다. 이 시에서 느껴지는 암울하고 어두운 기운에도 불구하고 시 전체를 감싸안고 있는 것은 팽팽하게 억눌려 있는 의식의 긴장된 힘이다. 이 시에서 화자의 의식은 무언가에 억눌려 있는 두려움 속에서도 숲 앞을 떠나지 못한 채 긴장된 서성 거림의 자세를 풀지 않고 있다. 그 긴장된 기다림의 자세가 시에서 느껴지는 암울함에 어떤 활기를 불어넣고 있는 것이다. 기실 이 시에서 후끈거리는 숲이나 홍해처럼 닫혀지는 하늘, 몸 속에 붉은 기를 품고 있는 낮달 등은 서로 대치되는 힘들이 뒤섞인 채로 불안하고 착잡하게 일렁이고 있는 화자의 의식 내부의 상태를 암시하는 이미지들이라고 할 수 있을 것이다. 이 시에서 숲은 "싱싱한 햇빛을 올리브 기름처럼 바르고 / 응달을 숨기고 희희낙락하는 산의 / 어두운 숲이 뒤척인다"(「산」)에서와 같이, 서로 대립되는 힘들, 이를테면 빛과 어둠, 혹은 삶과 죽음이 팽팽하게 뒤얽히는 어떤 운동의 한 중심이라고 할 수 있을는지도 모른다. 후끈거리거나 괴롭게 몸을 뒤척이는 숲의 이미지 속에는 삶과 죽음이 서로를 끌어당기는 순간의 "깊이 침잠했다가 / 불쑥 솟구치는"(「손가락 사이로 빠지는 물처럼」) 어두운 역동의 힘이 내재해 있는 것이다. 조은의 시에서 절망이나 고통의 언어들은 "불꽃이 팍팍 튀는 돌멩이도 / 어둠을 치받으며 돌출합니다"(「돌멩이 하나가」)나, "오래 멈춘 곳에서 그의 몸은 땅속으로 더 깊이 들었다 발 밑에서는 딱딱한 것들과 그것들을 뚫고 올라오는 훈기가 느껴졌다"(「窪地에서」)에서처럼, 끊임없이 죽음에 대한 의식 쪽으로 끌려가면서도 그 의식 내부에 도사리고 있는, 절망을 치받으며 돌출하려는 역동적인 힘 때문에 쉽사리 어떤 감상이나 무기력한 체념에 빠져들지 않는 견고함을 지니고 있다. 조은의 시들이 대부분 '~다'라는 종결어미로 이루어져 있는 것, 뿐만 아니라 그녀의 시들이 전반적으로 다소 경직된 어조로 이루어져 있다는 느낌을 받게 되는 것도 절망적인 삶 앞에서 그 절망에 함부로 몸을 내맡기지 않은 채 끊임없이 자신을 추스려 세우려는 시인의 그와 같은 견고한 의지와 무관하지 않을 것이다. 그러나 스스로를 곧추세우며 그러한 견고함을 지탱해나가기란 또한 얼마나 힘겨운 일일 것인가? 나로서는 시인의 그 견고한 의지를 안에서 떠받쳐주고 있는 다음과 같은 부드럽고 간절한 한줄기 염원에 따뜻이 몸 적시고 싶다.

그곳에 가고 싶다. 평생을 축축한 어버이의 눈이 형벌되지

않는 곳, 한바탕 울부짖고 나면 반드시 평화가 온몸을 쉬게 하
는 곳, 빗물이 따뜻한 곳, 감꽃이 피는 곳, 물고기들이 재미있
어 물 위로 뛰쳐나오는 개울가에서는 노인들이 모여 담소하고
그곳에서 여읜 내 어버이도 행복해 입꼬리를 떠는…… 그들은
이따금 물을 따라 내려오는 생명들을 웃으며 건져올리고, 삶이
편한 곳, 가고 싶다. 사람들이 넉넉한 곳, 생명이 애처롭지 않
은 곳   ——「온갖 기억들을 다 놓고서」부분

   조은의 시들이 선명하게 잡히지 않는 모호한 이미지들로
인해 많은 부분에서 우리의 시 읽기가 뚫고 들어갈 수 있는
영역을 상당히 제한해놓고 있다는 느낌을 주는 반면, 『모든
경계에는 꽃이 핀다』에 실린 함민복의 시들은 너무나 소박하
고 선명해서 그에 대한 분석이 따로이 필요할까라는 의문이
들 정도이다. 또한 조은의 시에서 우리가 끊임없이 시인을
제어하고 있는 내면의 단단한 의지, 혹은 견고한 자기 절제
력 같은 것을 느낄 수 있다면, 함민복의 시에서 우리가 만나
게 되는 것은 삶에 대한 의지를 무장 해제시켜버린 상태, 자
신의 내부를 투명하게 비워버린 상태에서 자신을 둘러싸고
있는 세계와 티없이 섞여들고픈 어떤 무구한 정신적 태도이
다. 성격은 다르지만 그 둘은 모두 시인이 놓여 있는 절망적
인 삶의 현실 앞에서 그들이 선택한 나름대로의 절실한 견딤
의 자세라는 점에서는 동일한 의미 내포를 지니는 것이라고

할 수 있을 것이다. 먼저 함민복의 시집에서 눈에 띄는 것은 그의 이전 시들이 보여주던 현대적 삶의 다양한 양상들에 대한 재기 발랄한 풍자적 어법 대신에 전통적인 서정시의 세계에 마음의 닻을 내리려는 시인의 내적 변화의 모습이다. 물론 이 시집에도 시인의 이전 시들을 연상케 하는 자본주의적인 삶에 대한 발랄한 풍자적 어법의 시들이 포함되어 있기는 하지만, 시인의 시적 상상력이 비판적 사유의 긴장보다 대상에 대한 서정적 감응이 주는 어떤 위안의 세계로 기울고 있음은 분명해 보인다. 이 시집에서 시인의 시적 상상력의 기본 바탕을 이루고 있는 것은 시인의 마음의 의지처를 이루고 있는 육친이나 자연적 물상들에 대한 원초적인 친화감 내지는 정서적 일체감이다. 그리고 그러한 대상과의 정서적 일체감의 내부에는 이 세계를 받아들이는 시인의 순정한 마음과 자신을 포함한 인간 삶의 고단함과 힘겨움에 대한 깊은 연민의 시선이 깃들여 있다.

이 시집에서 중심적인 소재로 되풀이 변주되어 나타나고 있는 것은 어머니, 아버지, 그리고 시인이 거주하고 있는 강화도 인근의 자연 풍경들 등이다. 특히 시집의 첫 부분에는 어머니를 소재로 한 시들이 여러 편 실려 있는데, 그 시들에서 어머니는 "새끼들 울음 소리 더 잘 들으려／얼기설기 지은 에미 가슴"(「母」)에서처럼, 시인의 고단한 삶을 조건 없이 끌어안아주는 무한한 보살핌의 손인 동시에, "살아가면서

/ 늙어가면서 / 삶에 지치면 먼발치로 당신을 바라다보고 / 그
래도 그리우면 당신 찾아가 품에 안겨보지요"(「산」)에서처
럼, 시인이 자신의 고단한 삶을 이끌고 귀환하고픈 어떤 근
원적인 삶의 의지처이기도 하다. 시인에게 있어 어머니란 곧
그가 떠나온, 그리고 그가 끊임없이 돌아가기를 꿈꾸는 태초
의 고향이다.

> 나는 어머니 속에 두레박을 빠뜨렸다
> 눈앞에 달우물을 파며
> 갈고리를 어머니 깊숙이 넣어 휘저었다
>
> 어머니 달무리만 보면 끌어내려 목을 매고 싶어요
> 그러면 고향이 보일까요
>
> 갈고리를 매단 탯줄이 내 손에서 자꾸 미끄러지고
> 어머니가 늙어가고 있다   ——「세월 1」 전문

시의 화자는 자신을 세상으로 내보낸 어머니의 탯줄을 타
고 어머니의 우물 속으로 내려가고 싶어한다. 이 시에서 어
머니의 우물, 곧 어머니의 자궁 속으로 귀환하고픈 간절한
욕망은 어쩔 수 없이 죽음에 대한 욕망으로 이어져 있다. 시
인이 자신의 목을 매달고 싶은 "둥글고 부드러운 밧줄"(「환

향」), 그 밧줄이 가리켜보이는 것은 죽음을 거쳐 새로운 삶의 출발점에 이르는 길이라고 할 수 있을 것이다. 그러나 시인이 자신의 현실 속에서 발견하는 것은 늙어가는 어머니의 모습일 뿐이다. 사실 이 시가 보여주는 돌아가고 싶은 근원적인 고향으로서의 어머니의 이미지는 이미 진부해질 대로 진부해진 상징에 불과하다. 함민복의 시들에서 나타나는 어머니에 대한 서정적 감정 이입의 정서 또한 그리 새로운 것이라고 말할 수는 없다. 그럼에도 불구하고 함민복의 시들이 우리의 마음속에 불러일으키는 따뜻한 울림은 그의 시적 상상력 속에 깃들여 있는 어떤 투명한 단순성, 어린아이의 그것과도 같은 천진난만함, 이 세계를 향한 사심 없는 무욕(無慾)의 시선과 깊은 관련이 있을 것이다. 이를테면 "하늘에 신세 많이 지고 살았습니다 / 푸른 바다는 상한 눈동자 쾌히 담가주었습니다 / 산이 늘 정신을 기대어주었습니다 / 태양은 낙타가 되어 몸을 옮겨주었습니다 / 흙은 갖은 음식을 차려주었습니다 / 바람은 귓속 산에 나무를 심어주었습니다 / 달은 늘 가슴에 어미 피를 순환시켜주었습니다"(「몸이 많이 아픈 밤」)와 같은 구절에서 시인의 고통스러운 삶을 지탱해주는 힘은 바로 순정하고 무구한 마음으로 모든 사물들을 끌어안는 소박한 긍정성의 태도이다. 물론 "아침 햇귀에 눈뜨면 / 언제나 혼자일세 / 어두운 죽음이 / 나를 그렇게 데리러 올 걸세"(「무서운 은유」)에서와 같이, 함민복의 시에서도 시인이 견디고 있는 어두운 삶의 그늘을 암시해주는 죽음에 대한 인식이 언뜻언뜻 내비치기도 한다. 그러나 함민복의 시들에서 우리에게 더 강한 인상으로 다가오는 것은 사심 없는 마음을 통해 어떠한 절망적인 상황도 견디어내는 건강하고 낙천적인 힘이다. "깔고 앉은 연꽃에 / 미안하단 말 대신 / 살가운 미소 이천오백 년 // 얼굴엔 누런 범벅 / 달빛만 잡수네 // 부처님 / 이빨 없죠 / 아하하 웃어보세요"(「童子僧」)와 같은 시들에서 엿볼 수 있는, 고통스러운 삶 속에서도 해학의 여유를 잃지 않는 마음 역시도 삶에 대한 욕심을 버리고 난 후에 다다른 시인의 삶에 대한 낙천적인 믿음에서 나오는 것이라고 할 수 있을 터인데, 그와 같은 낙천성은 삶에 대한 깊은 절망과 죽음에 대한 고통스러운 인식을 거쳐서 시인에게 찾아든 순정하고 단순하고 욕심 없는 마음의 포용력에서 우러나오는 것이라고 할 수 있을 것이다. 함민복의 시들이 이전의 풍자적인 어법을 버리고 점차 대상과의 투명하고 갈등 없는 마음의 합일을 지향하는 소박하고 긍정적인 서정성의 세계로 이끌려가는 것도 그의 시에서 느껴지는 그러한 사심 없는 낙천성과 무관하지 않을 것이다.

그러나 이 시집에서 시인의 시선은 그러한 무구한 서정성의 세계 안에만 머물러 있지 않다. 서정성의 세계 안으로 침투해들어오는 사물화된 욕망의 세계에 대한 인식은, 비록 이전의 시들이 보여주던 풍자적인 어조의 재기발랄함이 다소 둔화되어 있는 듯이 보이기는 하지만, "언젠가 욕망의 비닐 하우스 자궁이 / 거대한 입이 되어 / 시장 전체를, 시장을 먹고 사는 사람들을 / 와삭, 한입에 먹어치울 날이 올 테지"(「거대한 입」)라는 표현 속에서 여전히 시인의 의식 한켠을 차지하고 있다. 그 물질화된 욕망의 자궁은 시인이 끊임없이 되돌아가고자 하는 어머니의 자궁과, 폭력적인 공격성의 세계와 부드러운 포용성의 세계라는 의미의 극명한 대비를 이루고 있다. 시인의 무구한 마음이 감당해내기에는 너무도 당당한 공격성과 폭력성으로 무장하고 있는 그 자본주의적인 물질 문명의 세계 속에서 살아가기 위한 시인의 선택은 "순리를 파괴한 것만큼이 / 나의 생이구나 / 나의 가치구나"(「거대한 입」)라는 구절에서도 엿보이는 것처럼, 그 물질 문명의 세계가 파괴해버린 순리의 길을 따르는 것, "순환의 물살에 살섞으며 흐르는"(「한강 2」) 삶의 길을 찾아가는 것이다. 그것은 자신을 한없이 낮춤으로써 욕심을 버리고 어린아이의 마음으로 돌아가는 것, 이 시대의 변방의 시인에게 주어진 가난하고 보잘것없는 잉여의 삶을 기꺼이 자신의 운명으로 짊어지는 것이다. 삶에 대한 그러한 욕심 없는 태도는 마침내 자신의 시 쓰는 행위가 지닌 의미에 대한 겸허한 인식으로 시인을 이끈다. 함민복에게 있어 시 쓰기는 그렇게 한없이 스스로를 낮춘 시인이 자신의 고통을 이 세계의 고통 위에 겹쳐놓으려는, 혹은 자신의 고통을 통해서 이 세계의 고통을 조건 없이 끌어안으려는 행위에 다름아니다. "아무리 하찮게 산／사람의 生과 견주어보아도／詩는 삶의 蛇足에 불과하네／허나,／뱀의 발로 사람의 마음을 그리니／詩는 사족인 만큼 아름답네"(「詩」)라는 구절이 의미하는 그 보잘것없는 시의 잉여성 자체가 시의 아름다움이라는 인식은 다음 시에서의, 시인이 스스로의 가슴을 쳐서 내는 울음 소리가 멀리 퍼져나가 이 세상의 울음 소리와 만나게 된다는 인식으로 이어진다. 시인이 자신의 보잘것없는 생의 전신을 울려서 만들어내는 그 울음 소리는 마치 시인이 돌아가기를 열망하는 어머니의 자궁처럼 그 내부에 한없이 따뜻하고 넉넉한 포용의 공간을 지니고 있다.

종소리가 멀리 울려퍼지는 것은
종이 속으로 울기 때문이라네
외부의 충격에 겉으로 맞서는 소리라면
그것은 종소리가 아닌 쇳소리일 뿐

종은 문득 가슴으로 깨어나
내부로 향하는 소리로 가슴 소리를 내고
그 소리로 다시 가슴을 쳐 울음을 낸다네

그렇게 종이 울면

큰 산도 따라 울어
큰 산도
종이 되어주어

종소리는 멀리 퍼져나아간다네   ──「시인 2」부분

몸의 사회학

──김기택의 『바늘구멍 속의 폭풍』과
채호기의 『슬픈 게이』에 대하여

　　김기택의 『바늘구멍 속의 폭풍』과 채호기의 『슬픈 게이』
에 접근하기 위해서 우리는 '몸'이라는 화두를 가로질러 가
지 않으면 안 된다. 그들의 시집에서 몸은 그들이 현실 속의
삶을 바라보고, 그들의 눈에 포착된 삶의 의미를 시의 언어
로 재구성해내는 중요한 매개로 나타나기 때문이다. 그들의
의식 속에서 이 세계의 삶은 일차적으로 몸을 통해서 인지되
고, 몸 속에 각인된다. 그 몸은 고통의 이름이면서 동시에 욕
망의 이름이다. 모든 욕망과 고통에 가장 먼저 반응하고 그
욕망과 고통의 흔적이 가장 뚜렷하게 새겨지는 곳인 몸은 그
들에게 고통과 욕망이 가장 생생한 실존의 감각으로 살아 숨
쉬는 장소로 다가온다.
　　김기택의 시에서 몸이 놓여 있는 곳은 현대 문명 사회의
가장 범속하고 일상화된 삶의 공간이다. 그 공간 속에서 일

상화된 삶의 모든 고통과 욕망들은 몸 위에 그 흔적을 새긴
다. 몸은 그 흔적들이 흘러들어와서 고이고 썩어가는 장소이
다. 몸 속에 고인 채 어디로도 흘러나가지 못하는 삶의 흔적
들은 몸 속에 쌓이면서 마침내 몸을 서서히 허물어뜨리고 병
들게 한다.

> 김과장이 사는 아파트는
> 시간이 흐르다가 자주 막혀 고이는 곳
> 사표를 내고 나서 풍덩 뛰어들고 싶었던
> 맑고 푸른 자유의 시간들이
> 오래 기다려왔던 탈출과 해방의 시간들이
> 몸 속을 흐르다가 꾸룩꾸룩 거품을 내며 막혀
> 권태가 되고 신경성 질환이 되는 곳에 있다
> 너무 많아서 처치 곤란한
> 자고 일어나면 몸 속에 쌓였다가 퉁퉁 붓는
> 이 시간들을 피하기 위하여
> 김과장은 도피한다　　　　　　　　　　　——「김과장」 부분

　이 시에서 망가지고 탈이 난 몸은 망가지고 탈이 난 삶의
한 축도이다. 탈출과 해방의 시간으로부터 멀리 떨어진 좌절
된 삶의 고통은 무엇보다도 먼저 몸의 이상(異狀)으로 감지
된다. '오래 기다려왔던 탈출과 해방'에의 욕망은 꾸룩꾸룩

거품을 내며 흐르다가 신경성 질환이 되어 몸 속에 갇힌다. 김과장의 하루는 권태와 신경성 질환과 자고 일어나면 퉁퉁 붓는 그 몸의 이상으로부터 도피하는 것이다. 그 도피의 알리바이는 바로 "지각이나 결근은 전혀 모른다／항상 신중하고 성실하며 부지런하다／현재 받는 보수보다 더 윗길로 처리하는 많은 업무량／그럼에도 그 일이 주는 성취감"(1: 77)* 속에 갇혀 있는 그의 삶이다. 김기택은 이 시를 "이 두꺼운 습관 속에 갇혀 있으면 김과장은 안전하다／습관이란 얼마나 큰 폭력인가／그러나 너무 오래 세차게 길들여져온 탓에／이 폭력은 김과장의 몸에 편안하고 종종 달기까지 하다／아아 습관이 아닌 모든 것이 두렵다／도피가 아닌 모든 것이 낯설다／그렇다 김과장은 이미 타락한 것이다"라는 구절로 끝맺고 있다. 습관의 폭력에 편안하게 길들여진 몸은 김과장의 도피가 매우 성공적인 것임을 증명한다. 권태와 신경성 질환으로 아침마다 퉁퉁 붓는 몸의 이상조차 그 달디단 습관의 폭력 속으로 흡수되어버린다. 몸의 이상은 이제 너무나도 익숙해진 일상적 사건이 된다. 아침 7시와 밤 9시 사이에 갇힌 김과장의 하루는 이미 그의 몸을 완전히 점령해버린

---

* 앞으로 인용될 시집은 1) 김기택, 『바늘구멍 속의 폭풍』, 문학과지성사, 1994; 2) 김기택, 『태아의 잠』, 문학과지성사, 1991; 3) 채호기, 『슬픈 게이』, 문학과지성사, 1994이다. 괄호 안의 숫자는 시집의 권수와 면수를 가리킨다.

것이다. 달디단 습관에 취한 몸, 타락을 타락으로 자각하지
못하는 그 몸 속에서, 김과장의 도피는, 아니, 김과장이 도피
하는 현대적 삶의 메커니즘은 그 자체의 완전한 알리바이를
성취한다.

　김기택의 시에서 몸은 대부분 끊임없이 몸의 욕망을 확대
재생산하고 소비하는 현대 문명의 메커니즘 속에 갇혀 있는
모습으로 나타난다. 그 메커니즘은 몸의 욕망을 부추기고 현
란하게 물신화함으로써 결국은 몸 그 자체의 생명력을 고갈
시키고 폐허화한다. 첫번째 시집에서 김기택은 원시적 생명
력으로 충만한 몸에 대한 매혹을 노래한 바 있다. 먹이를 향
해 팽팽하게 긴장해 있는 몸, 그 아름다운 몸에 대해서. 그러
나 텅 빈 위장이 채워지면 어떠한 먹이 앞에서도 움직이지
않는 몸에 대해서. 그 몸은 "먹은 것은 남김없이 영양분이
된 / 영양분은 남김없이 살이 된 / 살은 다시 무언가 먹을 수
있다는 희망이 된"(2: 14) 몸이다. 굶주림의 순간, 먹이를 향
한 본능적인 긴장으로 충만해 있는 그 순간은 생명체가 그
자체의 근원적 욕망에 가장 순수하게 몰입해 있는 순간이라
고 할 수 있을 것이다. 그 본능적 순수성으로 팽팽하게 긴장
해 있는 동물의 먹이 사냥은, "앙칼진 마지막 안간힘을 순한
먹이로 만드는 일은 / 무거운 몸을 한 줄 가벼운 곡선으로 만
드는 동작으로 족하다"(2: 12)에서처럼, 모든 군더더기가 제
거된 단순하면서도 역동적인 몸짓의 아름다움을 지니고 있

다. 먹이를 탐하는 그 단순하고도 역동적인 몸짓은 몸이 필요로 하는 순간 이외에는 어떠한 먹이도 탐하지 않는 생명 그 자체의 근원적인 도덕성으로 이어져 있다.

그러나 인간의 먹이 사냥은 이미 생명체가 지닌 근원적 본능의 그 단순하고 역동적인 순수성을 상실해버렸다. 인간의 먹이 사냥은, 자본의 자기 증식적 메커니즘에 의해 온갖 잉여로 넘쳐 흐르는 시장의 한복판에서 소비 산업의 중요한 품목으로 편입되었다. 그 메커니즘의 거대한 입은 끊임없이 달콤한 환각의 맛과 냄새를 흘려보냄으로써 새로운 식욕을 만들어내고, 인간의 먹이 사냥을 물신화되고 잉여적인 식욕의 소비 구조 속으로 몰고 간다. 그 식욕의 주체는 이제 인간 자신이 아니다.

> 먹자골목을 지나는 퇴근길
> 돼지갈비 냄새가 거리에 가득하다
> 냄새를 맡자마자 어서 핥으려고
> 입과 배에서 침과 위산이 부리나케 나온다
> 〔……〕
> 정말 이것이 죽음의 맛일까
> 비리고 고약한 냄새인데
> 혀와 위장이 잠시 속고 있는 것은 아닐까
> 수많은 죽음을 품어 아름다워지고 풍요해진 산처럼

한몸 속에 삶과 죽음을 섞어놓으려고
서로 한 곳에서 살며 화해하게 하려고
혀와 위장을 맛의 환각에 홀리게 한 건 아닐까
                    ——「먹자골목을 지나며」부분

   물신화된 식욕의 환각에 사로잡힌 몸은 이미 역동적인 생
명력의 세계로부터 멀리 떨어져 있다. 이 시에서 생각 이전
에 먼저 몸이 반응하는, 돼지갈비 타는 냄새가 풍기는 그 달
콤한 맛의 환각은 돼지가 죽는 순간 "일순간에 지나온 극도
의 공포"를 숨기고 있다. 공포는 달콤한 환각으로 가려지고,
먹자골목을 지나는 사람들은 "그 환각의 맛과 냄새에서 / 잠
시도 벗어날 수 없"다. 맛의 환각에 점령당한 몸, 그것은 식
민화된 몸이며, 한 몸 속에 삶과 죽음이 뒤섞여 있는 몸이다.
『바늘구멍……』에서 몸을 묘사하는 김기택의 냉정한 해부학
적 시선은 일상적 삶 속에 스며들어 있는 소비 사회적 욕망
의 메커니즘이 인간의 몸을 어떻게 식민화해가는가, 그리고
그 식민화된 몸이 인간의 삶에 어떻게 질곡으로 작용하는가
를 보여준다.
   김기택의 시에서 식욕이 가장 명징해지는 순간은 허기의
순간이다. "머리 가득 밥 생각 마음 가득 밥 생각 / 밥 생각으
로 점점 배불러지는 밥 생각 / 한 그릇 밥처럼 환해지고 동그
래지는 얼굴 / 그러나 밥을 먹고 나면 배가 든든해지면 / 다시

난폭하게 밀려들어올 오만가지 잡생각"(1: 11)이나 "허기는 즐거운 놀이／목줄도 없고 네 다리와 꼬리도 없고／주인도 욕도 매질도 없는／고요하고 둥근 밥그릇만 있는"(1: 27)에서처럼, 허기의 상태에서 몸의 욕망은 가장 단순하고 순수해진다. 허기의 순간은 생명체가 몸이 요구하는 원초적인 식욕의 본능에 사심 없이 몰입하는 순간이다. 그 사심 없음 때문에 허기는 즐거운 놀이가 된다. 그러나 이러한 순수하고 단순해진 몸의 욕망 속으로 인위적이고 잉여적인 몸의 욕망들이 침투해 들어오면서 몸은 하나의 질곡이 되어버린다. 몸은 소비 사회에 길들여지고, 소비 사회가 자신의 세력을 끝없이 확장해나가는 식민지가 되어버린 것이다. 그 식민화된 몸 속에서 허기는 이제 생물학적 현상이 아닌, 문화적 현상이 된다. 소비 문화는 맛의 환각을 통해서 몸을 길들이면서, 몸을 물신화하고 우상화한다. 그러나 그 물신화된 몸의 욕망에 길들여진 몸은 "하루종일 흰 양말에 점잖게 싸여"서 "위장에서 소화시킨 보신탕과 뱀탕으로／하릴없이 가려운 뿌리들만 튼튼해지"(1: 69)는 무좀처럼, 서서히 몸 자신을 파산의 상태로 몰고 간다. 우상화된 몸의 안쪽에서 몸은 이제 온갖 능욕의 대상으로 전락한다. 교통 사고의 현장을 해부학적으로 묘사한 「한 명의 육체를 위하여」에서 한 명의 육체의 죽음은 지나가던 버스 운전사의 "누군지 아침부터 해장 한번 잘했군"이라는 킬킬거림 속으로 사라지고, 「소 2」에서 소는 "음

매에 슬픈 울음 속 떨림의 사이사이 / 깊고 가는 빈틈으로 물이 채워"지는 물 먹인 소가 되어 도살된다.

혹은 도처에 넘쳐흐르는 그 잉여의 욕망들, "매일매일 정액처럼 고이는 스트레스 / 규칙적으로 배설하지 않으면 몽정하여 팬티만 더럽히는 / 한긋발 한탕 한판 승부 한칼과 싹쓸이의 욕구들"(1: 70)은 끊임없이 몸 속으로 흘러들어와 나날의 삶의 찌꺼기로 쌓인다. 그 소모적인 욕망들은 몸이 지닌 원초적인 생명의 힘을 고갈시키면서, 인간의 삶을 육체성의 질곡 속에 가둔다. 넘쳐흐르는 욕망의 잉여 속에서 몸은 서서히 폐허가 되어간다. "두 계단 세 계단씩 지하도 뛰어오르며 출근길을 누빈다 / 드링크제로 피로를 푼 간장 / 스포츠 신문으로 스트레스를 몰아낸 머리통 / 알약으로 두근거리는 불안까지 없앤 심장이 있으므로 / 새벽부터 밤까지 넥타이 더 조여지도록 뛰어다녀도 끄떡없다"(1: 62)에서처럼, 망가진 몸은 현대 문명이 친절하게도 그 망가진 몸을 위해 준비해준 각종 약의 도움을 받아야만 스스로를 지탱할 수 있게 된다. 그러나 약으로도 그 몸의 망가짐을 숨길 수 없는 상태에 이를 때, 망가진 몸은 삶 자체를 완전히 폐허로 만들어버린다.

너무 오랫동안 사용해서 그의 육체는 낡고 닳아 있다. 숨을 쉴 때마다 목구멍과 폐에서 가르랑가르랑 소리가 난다. 찰진 분비물과 오물이 통로를 막아 바늘구멍처럼 좁아진 숨구멍으로 그는 결사적으로 숨을 쉰다. 너무 열심히 숨을 쉬느라 아무 것도 생각할 수 없다. 숨이 차면 자주 입이 벌어진다. 벌어진 입으로 침이 질질 흘러 나오지만 너무 심각하게 숨을 쉬느라 그것을 닦을 겨를이 없다. ──「바늘구멍 속의 폭풍」 부분

이 시에 표현된 거덜난 몸은 거덜난 삶의 한 표상이다. 이 시는 "불손했고 반항적이었던 생각들과 뜨겁고 거침없었던 감정들로 폭풍에 맞서온 몸은 폭풍을 막기에는 이젠 너무 가볍고 가냘프다. 고요한 마음, 꿈 없고 생각 없는 잠이 되려고 그는 더 웅크린다"라는 구절로 끝나고 있다. 폐허가 된 몸이 삶을 완전히 장악해버린 상태, 꿈 없고 생각 없는 잠속에서만 그 폐허를 견딜 수 있는 몸의 상태를 통해서 시인이 말하고자 하는 것은 무엇일까? 달콤한 맛의 환각으로부터 그 폐허까지의 거리는 너무나 가깝다. 아니 그것은 이미 한 몸이다. 그러나 그 폐허는 또한 몸 자신의 의지가 아닐까? 몸은 자신을 폐허로 만들어버림으로써 자신을 점령해버린 달콤한 맛이라는 환각의 실체를 폭로하는 것은 아닐까? 그 스스로 폐허화된 삶의 증인이 되기 위해서? 그렇다면 욕망의 잉여가 가져온 그 폐허로부터 몸이 지니고 있던 원초적 생명력, 자연과 교감하는 그 순수하고 역동적인 아름다움의 세계로 거슬러 올라가기 위해서, 몸은 얼마나 가볍고 단순해져야 하는 걸까?

가벼워라 아아 편안하여라

팔과 다리 털과 꼬리 모든 것이 생략되고

한 줄의 긴 몸으로 단순화되니

머리와 심장으로 언제나 땅을 만질 수 있고

마음껏 땅의 차가운 힘을 마실 수 있고

그 즐거움으로 독은 더욱 올라 꼿꼿하게 날이 서는구나

나무처럼 땅의 고요한 기운을 받아 숨쉬니

굶을수록 눈은 광채를 더하고

빠를수록 몸은 바람보다 소리가 작구나

번잡스럽게 바둥거리던 팔과 다리

그 몸에서 줄창 쏟아내는 비명과 아우성도

독으로 소화시키면 이내 형체를 버리고 열기와 소음도 버리고

기꺼이 화사한 꽃비늘이 되는구나   ──「뱀」 부분

　　김기택의 시에서 마음이나 몸의 움직임은 대부분 해부학
적으로 분절된 세부 묘사를 통해서 제시된다. 졸음은 "꾸벅
꺾어지는 무게를 목이 얼른 들어올린다 / 무게는 다시 머리가
되려고 눈을 깜박거리며 / 풀어진 수정체를 응축시켜 / 창밖
의 빠른 풍경에게 초점을 맞춘다 / 그러나 잠은 다시 수정체
와 목뼈에서 힘을 빼려 한다"(1: 16)로, 지루한 시간의 흐름
은 "미세한 방광의 눈금으로 한 방울 두 방울 / 몸이 버린 물

들이 고이는 것이 느껴진다/눈금이 모두 채워지면 방광에 종이 울린다"(1: 78)로 표현된다. 실직의 충격 또한 "툭, 몸 안에서 무엇이 끊어지는 것을 느꼈다"라거나, "심장이며 허파며 내장들이 하나도 남지 않은 상체는 썰렁하고/그 모든 것들이 쌓인 다리는 무겁다"(1: 72~73)라는 식의 육체적 묘사로 제시된다. 김기택의 해부학적 묘사는 일차적으로 몸이 생명의 본질인 그 유기체적 본성을 상실해버린 현실을 드러내는 것이라고 할 수 있다. 몸은 낱낱이 분해되어, 분해된 기관들의 즉물화된 공허한 움직임만으로 남을 뿐이다. 그 분해된 몸은 무인칭의 몸이다. 그 몸은 이미 점령당한 몸이기 때문이다. 그 점령당한 몸 속에 망가진 마음이 깃들인다. 그리고 그 망가진 마음속에서 "생각 없는 말들이 나온다 중얼중얼중얼"(1: 55) "망가진 마음속에 말이 있다." 그러나 "말은 나오자마자 공기에 싸여 사라진다"(1: 60). 그 말은 공허한 몸 속에 깃들인 망가진 마음이 내지르는 신음, 혹은 비명과도 같다.

근육과 옷에 겹겹이 막혀
두려움과 수치에 굳게 갇혀
그 말과 용기들은 얼마나 오랫동안 눌리어온 것일까
얼마나 답답했길래
저렇게 육체를 뒤흔들고 쓰러뜨리고 뒹굴고

저토록 목청의 떨판을 고래고래 울리는 것일까
뜨겁고도 힘센
그러나 식으면 쪼그라들고 작아지는
육체 속의 사람들   ——「술 취한 사람」

김기택의 시에서 망가진 마음속에서 흘러나오는 말은 뜻
없는 중얼거림이거나 술 취한 사람의 주정이거나 "아 하고
입을 벌리면/괴성이 되어 욕과 독설이 되어 쏟아져나올 것
같"(1: 59)은 말이다. 그 말이 드러내는 것은 절망적인 소통
부재의 현실이다. 독백과도 같은 그 말은 누구의 마음에도
닿지 못한 채, 공기 속으로, 자동차 경적 소리와 전동차 지나
가는 소리, 호각 소리, 욕하는 소리가 뭉치고 뭉쳐 바위처럼
딱딱해진 공기 속으로(1: 38) 사라질 뿐이다. "식으면 쪼그
라들고 작아지는/육체 속의 사람들"(1: 85)의 점령당한 폐
허의 몸 속에 이제 말이, 그리고 그 말의 마음이 깃들일 곳은
없다.

아무리 편하게 몸을 누이고 있어도
마음은 쉬지 않고 움직이고 뒤채고 끙끙거린다
맑은 잠 속까지 꿈이 되어 들어와 흙탕물을 일으킨다
어쩌다 이 갑갑한 몸에 들어와 살게 되었을까
                    ——「마음아, 네가 쉴 곳은 내 안에 없다」부분

그렇다면 그 마음이 깃들일 몸은 어디에 있는 것일까? 여기에서 시인은 다시 자연과 교감하는 원초적 몸을 떠올린다. 참개구리·무지치·뻐꾹새·종달새 등의 사라져버린 계절 관측 동물들, "바람의 힘을 넉넉한 부력으로 삼아 바람에 등을 대고 눕"(1: 96)는 나뭇잎들, 그리고 무엇보다도 "핏줄들은 나무처럼/하늘을 향해 곧게 곧게 뻗어/빛과 바람과 대기를 빨아들"(1: 98)이는, 생명이 깃들이는 가장 최초의 몸인 알(卵)을.

현대 문명 속의 삶과 원초적 생명의 대비는 실상 문학이 다루어온 항구적인 주제의 하나이다. 김기택은 그것을 몸 속을 투시하는 해부학적 관찰의 시선을 통해서 우리에게 펼쳐 보여준다. 그러나 이 시집에서 몸 안에 새겨져 있는 폐허화된 현대적 삶의 징후들을 읽어내는 김기택의 해부학적 관찰은 그 관찰적 묘사의 냉정함을 끝까지 밀고 나가기보다는, 자꾸만 어떤 설명적 언술에 기대려는 경향이 있는 것 같다. 그의 시들이 종종 첫번째 시집에 비해서 다소 긴장의 밀도가 약화된 산문적 언술로 풀려버리는 것은 그 때문일 것이다. 아마도 그것은 김기택의 시가 보여주는 몸의 사회학이 아직 시 그 자체의 몸으로 충분히 육화되어 있지 못하기 때문은 아닐까? 시가 무엇을 말하려 하기 이전에 그것의 몸 자체로서(이를테면 스타일, 롤랑 바르트에 의하면 스타일은 하나의 육

체적 현상이다) 하나의 징후가 될 수 있는 방법은 없는 것일
까?

채호기의 『슬픈 게이』에서 몸에 대한 시인의 관심은 한층
더 집요하고 의식적인 형태로 나타난다. 이 시집에 수록된
시들은 매우 의도적인 순서로 배열되어 있는 듯한데, 맨 처
음에 실린 시인 「겨울 나그네」가 들려주고 있는 것은 너의
떠남이다. 이 시에서 시의 화자인 내가 서 있는 자리는 "네
가 떠난 자리"이며 그 자리는 "발 디딜 곳 없는/까마득한
곳"이다. 시의 화자는 "그 자리에/추운 등을 누인다." 이후
로 이 시집에 실린 거의 모든 시들은 나와 너 사이에서 일어
나는 끊임없는 욕망과 고통의 변주로 이어진다. 나와 너, 그
것은 합치될 수 없는, 그러면서도 끊임없이 하나가 되기를
갈망하는 두 개의 몸이다. 존재하는 몸이 부재하는 몸을 부
르는 그 절망의 시어들은 제도 속에 갇힌 몸이 제도 밖의 몸
을 부르는 좌절된 몸의 욕망으로 얼룩져 있다. 너를 향한 나
의 좌절된 욕망은 "너의 몸이 지상에서 사라져버린 날"로부
터 시작된다.

너의 몸이 지상에서 사라져버린 날.
없는 너를 보는
이 지상에 남은 눈이여! ──「너처럼 캄캄한 세상을」 부분

너의 몸은 지상에서 사라지고 나는 지상에 남은 눈이 되어 없는 너를 바라보고 있다. 이때 '눈'은 나에게서 너에게로 이어지는 갈망의 유일한 통로이다. 그 눈은 김기택에게서처럼 현실 속에 놓인 몸을 투시하는 해부학적 관찰의 눈이 아니라, 부재하는 몸의 흔적을 뒤쫓는 관념적 욕망의 눈이다. 몸이 사라진 자리에서 눈만으로 그리는 그 욕망은 어쩔 수 없이 관념적이고 추상적일 수밖에 없다. 그 눈은 "통증도 없이 흘러내리는 눈동자 / 마지막 끊어질 핏줄에 대롱거리는 눈동자"(3: 14)가 되어 너의 모습을 뒤쫓지만, "밤의 끝까지 쫓아 갔는데도 / 너는 없고 / 삶의 극단에 있는 너"(3: 25)에서처럼, 너의 몸은 이미 삶의 극단, 그 삶과 죽음의 경계선 너머에 있다.

이승과 저승을 가로지르는 틈으로 지하철이 비집고 들어올 때 건너편의 당신 몸이 가라앉는 것을 보았네.
어둠의 터널을 달려온 긴 쇳덩어리가 내 눈앞에 잠시 머무르는 동안 그대 대신 그 자리에 하나의 무덤을 보았네.

　　　　　　　　　　　　　　　　　　　——「浮浪」부분

너를 보려는 나의 눈의 애씀과 너를 볼 수 없는 현실 사이에서 시인은 "너를 볼 수 없는 난 소경"(3: 18)이라고 말한다. 그러므로 너를 볼 수 없는 이승의 삶은 소경의 삶이다.

"절망이 숨구멍을 틀어막고/앞 창유리로 둥둥/오물처럼 떠다니는/살아온 날들"(3: 32)인 그 소경의 삶 속에서 시의 화자는 끊임없이 다른 몸의 삶을 꿈꾼다. 그러나 그 다른 몸의 삶은 죽음의 경계선을 넘어선 곳에서만 가능하다. 채호기의 시에서 죽음의 경계선 이쪽에서의 너의 몸을 향한 나의 갈망은 먼저 이루어질 수 없는 혼외의 사랑이라는 형태로 나타난다.

우린 슬프다. 술 취한 밤 하늘을 날아
나는 너에게로 간다. 가는 척한다.
무선 전화 전파를 신고 공중을 저벅저벅 걸어간다.
네가 나에게 "잘 지냈어?" 하면
"사랑해"였는데, "별일 없어" 하면서
서로의 가슴에 재를 뿌린다.
그리고 서로 할퀸다. 좀더 깊이 상처를 내면서,
상처가 아물기까지라도 기억해달라고.
"가족을 버려!"라고 정색하지 않는다.
삶을 버리랄까봐, 낮에는 각자 일한다.
일로 얼굴 가리고 낄낄댄다.
밤에는 집에 가서 마누라와 애들 앞에
목소리를 깔고 그 위에 앉아 소리없이 말한다.

— 「우리는 슬프다」 부분

너에게로 가는 것이 아니라 가는 척할 뿐인 그 사랑은 서로의 가슴을 할퀴고 상처를 주는 사랑이다. 그 사랑 속에서 가족을 버리는 일은 곧바로 삶을 버리는 일이 되어버린다. 그것은 제도권으로부터 불륜으로 규정된 제도권 밖의 사랑이기 때문이다. 그 사랑을 감당할 수 없는, 이미 제도 안에 갇힌 삶을 살아가는 나에게 그 제도권 밖의 사랑은 고통스러운 질곡으로 다가올 수밖에 없다. 너, 혹은 그녀를 향한 나의 욕망이 질곡의 현실이 되어버리는 삶 속에서 시인은 현실 속에서의 좌절된 사랑의 관능이 아니라, 현실적 힘의 자장으로부터 벗어난 어떤 순수한 관능의 세계를 꿈꾼다. 그 관능은 사회학적인 몸의 관능이 아니라, 생물학적인 몸의 관능에 속하는 것이다. 롤랑 바르트가 문화적인 쾌락 *le plaisir*과 비문화적인 희열 *la jouissance*을 구분할 때, 그 생물학적인 몸의 관능은 후자에 접근해 있는 것이라고 할 수 있다(여기에서 흥미로운 것은 전자와 후자가 각각 남성 명사와 여성 명사로 표기되고 있다는 점이다. 이것은 채호기의 시와 관련해서 우리에게 매우 의미있는 시사를 던져준다). 그 순수한 관능 속에는 관능에의 몰입이 주는 충일된 의식만이 있을 뿐이다.

팔뚝만한 물고기 꼬리지느러미가
너의 살결을 물결처럼 가른다

시원한 너의 살이 물처럼 파도친다
물고기 뾰족한 입에 부딪히는
너의 부드러운 살
흐물흐물하고 빠닥빠닥한 너의 애무의 바다
속에 이빨 같은 조약돌과
헤엄치는 입술들   ——「물고기 1」 전문

  이 시에는 관능을 억압하고 제도화하는 모든 힘으로부터
벗어나 오롯이 즉물화된 관능의 자족성만이 존재하고 있다.
이러한 순수한 관능의 순간은 또 "2층의 층계참으로부터 / 아
무것도 입지 않은 네가 하얀 벽으로부터 튀어나오"(3: 30)는
환한 대낮에 "빈방에 가득한 햇빛처럼 반짝거리며 / 끝없이
일렁이며 파도 타는 너의 몸"(3: 48)을 통해서 "갑자기 엄습
한 네 사랑"(3: 31)으로 나를 사로잡기도 한다. 그 관능의 충
일함은 너의 육체가 내게로 흘러와 "너는 나를 녹이고 / 녹아
헐렁해진 너-나는 / 흐물흐물한 액체가 되어 호"(3: 65)르는
순간의 충일함이다. 나의 몸은 끊임없이 몸이 액체가 되어
흐르고 섞이는 그 관능의 순간을 갈망한다. 그러나 이러한
충일된 관능의 순간은 너무나 찰나적인 것이다. 부재하는 너
의 몸이 "네가 분명히 있었다는 사실을 증명하려는 듯"(3:
31) 그 황홀한 관능의 환영으로 나에게 찾아드는 순간, "내
발은 세찬 물결에 휩쓸리는 배처럼 출렁거리며 / 창가에서 무

서운 해일이 일고 있는 정원을 바라"(3: 31)본다. 관능의 순
간은 다시 부재하는 너에 대한 두렵고 안타까운 갈망으로 바
뀌고, 그 두려움과 안타까움 속에는 "손을 뻗으면 만져질 듯
만져지지 않는/현기증 나는 하얀 벽들./끝없는 입술의 오
물락거림과/아직도 발설되지 않는 말들"(3: 73)이 놓여 있
다. 관능의 충일된 순간이 지나간 후, 나는 다시 "끝없는 입
술의 오물락거림"과 함께 제도화된 삶의 규정 속에 놓인 사
회학적인 몸의 자리로 돌아올 수밖에 없는 것이다.

　　제도 속에 갇힌 그 사회학적인 몸의 자리에서 관능은 "내
몸과 네 삶이 뿌옇게 섞이고 있는 거기 그 자리/서리 낀 창
의 잘 보이지 않는 저쪽처럼/삶과 삶이 섞이는 답답하고 느
린/끝없이 유예되는 그 자리, 격렬하고 불투명한 그 삶"(3:
84~85)으로 표현된다. 현실 속에서 충일된 관능의 순간은
끝없이 유예되고, 나의 몸은 다시 좌절된 관능의 자리로 떠
밀려오는 것이다. 사회학적인 몸의 자리에서 제도는 단순히
몸의 바깥에만 있는 것이 아니라 몸 속으로 스며들어 끊임없
이 몸 그 자체를 제도화한다. 제도화된 그 몸은 채호기의 시
에서 "무덤 같은 내 몸" 혹은 "죽음의 저편 언저리 같은 내
몸"(3: 75)으로 표현된다. 내가 서 있는 "발디딜 곳 없는/까
마득한 곳"은 이제 몸 밖에서가 아니라 몸 안에서 "내 속에
있는 벼랑"(3: 71) 혹은 "내 몸의/벼랑"(3: 94)으로 인식된
다. 시인은 말한다. "내 몸을 다/뒤지고 돌아다녀도/내 들

곳은 없어라"(3: 94)라고.「슬픈 게이」나「게이」연작, 혹은
「오 내 사랑 에이즈」연작에서 시인은 이제 몸 밖의 너를 갈
망하는 대신에, 제도화된 몸 그 자체를 뒤바꾸려 한다. 하나
의 몸이 하나의 성(性)을 사는 것은 생물학적인 조건에 의해
서뿐만 아니라, 제도적인 조건에 의해서 규정된 것이다. 여
성과 남성은 여성과 남성의 몸으로 태어날 뿐 아니라, 제도
적으로 규정된 그 몸의 삶을 살도록 강요된다. 그 제도적인
조건 속에서 성행위란 다른 성을 가진 두 몸의 결합만을 의
미하는 것이다. 그러나 시인은 하나의 성을 살도록 강요된
그 몸 속에서 다른 몸을 꿈꾼다. 그 꿈을 위해서 시인은 양성
소유의 몸을 가진 게이들의 삶을 들여다보기 시작한다.

　　내 몸이
　　내게 맞지 않다.

　　몸에 갇혀
　　끙끙거리는
　　나 아닌
　　몸 속에
　　다른 이의
　　애타는
　　목소리.　　　　　　　　　　　　　　──「게이 4」부분

하나의 몸이 하나의 성을 살도록 강요된 제도 속에서 게이들의 양성적 몸은 그 자체로서 이미 체제 밖의 삶을 살아갈 수밖에 없도록 조건지어진 몸이다. "세상이 규범 속에 있을 때 너는/그 누구의 것도 아닌 새로운/낯선 체제의 몸 속에 있"(3: 101)는 것이다. 그 낯선 체제의 몸 속에서 게이들은 끊임없이 남성의 몸으로부터 여성의 몸으로 옮아가기를 꿈꾼다. 게이들의 몸 속에서 남성과 여성은 체제 안의 몸과 체제 밖의 몸으로 날카롭게 대립해 있다. 제도화된 남성성의 몸을 벗어나 여성성의 몸으로 옮아가려는 욕망은 "한 꽃 속에 모든 여성이 들어 있고/한 여성 속에 모든 꽃이 숨어 있으니/나는 내 육체의 경계를 빠져나와/네 몸으로의 험난한 벼랑을 기어오"(3: 94)르는 것으로 채호기의 시에서 표현된다. "나의 남성을 가지치고/너의 여성을 둥지치"(3: 87)는 그 남성성으로부터 여성성으로의 몸의 뒤바꿈은 "무덤을 열고/네가 나온다./〔……〕/바로 지금! 네가/삶의 싱싱함으로/살아"(3: 90~91)오는 것을 의미한다. 남성성=무덤, 여성성=삶의 싱싱함이라는 두 개의 대립된 등식은 다시 "죽음을 아는 몸은 순결하다/그러나 죽음을 모르는 몸은/닳고 더러워진다"(3: 101)는 표현으로 이어진다. 여성성으로 표상되는 순결한 신생의 삶은 죽음을 아는 몸 속에서만 가능하다. 다른 몸의 삶은 그 몸의 죽음을 통해서만 태어나는 것이다.

그러나 시인이 꿈꾸는 그 여성성의 몸은 진정으로 제도 밖의 삶을 꿈꾸는 삶일까? 오히려 그 여성성의 삶을 향한 욕망은 제도 자체의 완강한 벽을 향해 그 손을 내밀고 있는 것은 아닐까? 게이들의 삶을 대상으로 한 일련의 시들에서, 게이들이 꿈꾸는 여성성은 기실 제도 밖의 삶을 향해 있는 것이 아니다. 자신의 몸이 지닌 여성성을 인정받으려는 그들의 욕망은 제도가 규정한 여성성의 문화적 틀 속으로 자신의 몸을 밀어넣으려는 노력으로 점철되어 있다. 그들은 "입술에 체리액 루주를 바르고"(3: 88), "비둘기색 스타킹을 / 퍼올려 은빛 생선의 / 허벅지를 감싼다"(3: 89). 여성성을 향한 그들의 욕망은 곧 "입술 루주에 긴 머리, 롱 스커트에 굽구두"(3: 95)와 같은 여성성의 문화적 상품들을 자신의 몸 위에 입히려는 욕망에 다름아니다. 제도가 생산한 문화적 상품들을 통해 제도 안에서 인정받기를 원하는 그 여성성의 몸은 이미 스스로 낯선 체제의 상징이 되기를 포기해버린 몸이다. 그 몸의 욕망은 「우리는 슬프다」와 「술집」에서 표현된 혼외의 사랑이 제도에 의해 규정된 불륜의 벽을 뛰어넘지 못하는 것처럼, 여성과 남성의 몸에 새겨진 제도화된 문화적 이데올로기의 틀을 벗어나지 못한다. 『롤랑 바르트』란 책에서 모리아티는 "몸은 주체의 죽음을 그 대가로 지불함으로써 욕망을 문화로부터 해방시킨다. 파국이 없이는 어떠한 넘어섬도 있을 수 없다"라고 말하고 있다(지나는 길에, 인용문에서 언급된 주체와 몸의 개념은 라캉이나 푸코 등의 후기 구조주의자들에 의해 전개된 주체 이론을 그 이론적 배경으로 거느리고 있는 것임을 지적해두기로 하자). 채호기의 시에서 다른 몸을 향한 열망은 파국으로 나아가는 대신에 제도 속으로의 복귀를 택한다. 그 복귀 속에서 시인은 "눈을 감고 내 몸 속에 / 너를 영원히 간직할 수 있도록 / 내 눈 속의 연인이여"(3: 51)라고 말한다. 연인은 나의 눈 속에서 다만 관념적 욕망의 대상으로서만 존재하고, 그 관념적 욕망 속에서 파국은 끊임없이 지연되는 문화적 풍문의 형태로만 떠돌 뿐이다. 그렇다면 이 제도에 갇힌 몸 속에 과연 온몸으로 그 파국을 떠안을 진정한 순교의 몸은 존재하지 않는 것일까?

앞에서도 이미 말한 것처럼, 『슬픈 게이』에 실린 시들은 어떤 의도적 기획에 의해 짜여져 있다는 느낌을 강하게 불러일으킨다. 『슬픈 게이』에 실린 시들에서 읽을 수 있는 것은 시집에 수록된 시들을 하나의 줄기로 이어나가고 있는 시인의 어떤 일관된 의도이다. 이 시집을 읽으면서 우리는 시를 통해 어떤 메시지를 전달하려는 시인의 두드러진 관념적 태도를 느끼게 된다. 그러나 그 메시지를 담고 있는 시의 몸은 왠지 무겁고 딱딱하게 경직되어 있는 것처럼 보인다. 김기택의 시에 대해서 했던 지적을 그대로 반복한다면, 채호기의 시에서도 역시 몸의 사회학은 시의 몸 그 자체로 육화되는 단계로까지 나아가지는 않고 있는 것 같다. 그의 시는 시의 몸 위에 시인의 의도를 입히고 있을 뿐, 그 의도를 시의 몸 자체로 충분히 받아들이지는 못하고 있는 것이다. 그것은 아마도 그의 시가 시인 자신의 그 관념적 의도의 무게에 지나치게 짓눌려 있기 때문은 아닐까? 욕망에 대해서, 혹은 절망에 대해서 '말'하기 이전에, 시의 몸 자체로서 그 욕망과 절망을 '살' 수는 없는 것일까? 시의 형식 자체가 온몸으로 파국을 떠안을 순교의 몸이 될 수는 없는 것일까? 어쩌면 시인은 자신의 시가 지닌 그 관념성의 한계를 이미 의식하고 있는지도 모른다. 이 시집을 떠나면서 시인은 다음과 같은 말을 우리에게 남기고 있기 때문이다. 이 시집을 떠난 시인의 발걸음이 앞으로 어느 곳을 향해 나아갈지, 몹시 궁금하다.

> 붉은 심장의 폭발!
> 향기 없는 그 꽃을 누군가 造花라고
> 읽으며 시집을 덮는다
> (그들 중에 누군가 弔花라고 소리쳤던가?)
>   ──「시인의 심장」 부분

제도의 바깥을 꿈꾸는 몸, 혹은 정신
── 채호기와 송재학의 최근 시집들

1

몸은 이제 우리의 문화적 사유의 영역 깊숙이 진군해 들어오고 있다. 오랫동안 침묵을 강요당해왔던 몸은 이제 서서히 자신의 은밀한 비밀의 문을 열어보이며, 그 내부에서 오랫동안 억눌려왔던 자신의 말들을 토해내기 시작한다. 몸은 점령당한 영토이면서 우리 시대의 마지막 사유(私有)의 영역이기도 하다. 오랫동안 몸의 영토를 지배해왔던 것은 이성 중심의 담론들이었다. 이성적 세계관의 내부에서 몸은 자연과 마찬가지로 관리와 통제의 대상으로 간주되어왔다. 문명 / 자연의 이분법이 정신 / 몸의 이분법과 겹쳐지는 이성적 세계관의 틀 속에서 생물학적인 몸은 도덕적이고 관념적인 이성의 언어들로 이루어진 장막 뒤편에 어둡고 음습하게 웅크리고 있거나 금욕의 견결한 의지로 스스로를 갑옷처럼 감싸고 있었다. 이성적 세계관 속에서 몸은 정신에 비해 열등할 뿐만 아니라 사악하기까지 한 존재로 여겨져왔다. 몸의 감각은 변덕스럽고 저열하면서도 저항할 수 없는 강렬함을 지니고 있어 정신을 혼란에 빠뜨리거나 부도덕한 열정으로 오염시킨다. 도덕적 타락과 금욕, 그것은 이성적 세계관의 틀 속에서 몸에게 부여된, 마치 쌍생아처럼, 혹은 동전의 양면처럼 함께 짝지어진 두 가지 억압적인 삶의 방식이었다.

그런 의미에서 몸은 오래 전에 식민화된 영토이다. 그러나 지금까지 몸을 지배해온 것은 이성의 언어만이 아니다. 몸은 또한 자본과 상업의 논리에 의해 점령당해왔다. 몸의 감각은 더 이상 몸 자신의 고유 언어가 아니다. 몸의 감각은 자본과 상업의 논리에 의해 확대 재생산되고, 그 확대 재생산의 메커니즘 속에서 몸은 바로 그 자신이 지닌 감각의 노예로 전락한다. 그 확대 재생산의 메커니즘은 몸의 감각과 욕망을 길들여나감으로써 인간에 대한 자신의 지배를 관철시켜왔다. 몸은 자본주의적 메커니즘이 실현되는, 그리고 그 메커니즘의 존속을 보장하는 가장 유용하고도 순종적인 식민의 영토가 되어버린 것이다. 근대 이후의 자본주의 문명은 한편으로는 도덕적인 금욕의 논리로 몸의 욕망을 억압하면서, 다른 한편으로는 그 몸의 욕망을 체제 유지의 중요한 발판으로 활용해온 셈이다. 따라서 근대 이후의 몸은 이중으로 오염되어 있다. 몸에는 수많은 식민의 언어들이 새겨져 있다. 몸의 실존은 몸을 식민화하려는 온갖 담론적 구성체들 사이에서 가뭇없이 희미하게 흔들리고 있다. 그러므로 몸에 이르기 위해서 몸은 몸의 욕망을 죄악시하는 몸 내부의 딱딱하고 음침한 도덕적 죄의식과, 몸을 자본주의적 욕망의 도구적 존재로 길들여나가는 그 비대하고 텅 빈 감각의 덩어리들 사이를 뚫고 나아가야 한다. 다시 말해 몸은 자신의 몸에 이르기 위해서 바로 그 식민화된 몸의 영토를 통과해나가야 하는 것이다. 그것은 점령당한 몸의 영토 내부에서 사유지(私有地)로서의 몸이 지닌 가장 내밀한 실존의 영역을 탐색해나가는 것, 도덕적이고 제도화된 담론들에 억눌려온, 그러면서도 그 억압적인 제도의 경계선 밖에서 비도덕적이고 타락한 몸의 언어로 끈질기게 그 제도의 허구성을 위협해온 몸의 가장 원초적인 생의 감각을 되불러오려는 노력과 통해 있는 것이라고 할 수 있다. 그리고 어쩌면 그것은 몸과 관련된 제도화된 언술의 영역 속에 가장 은밀하고도 사적인 몸의 언어들을 끼워넣는 방식을 요구하는 것인지도 모른다.『밤의 공중전화』에서 채호기의 시적 언어들은 바로 그와 같은 인식의 언저리를 집요하게 맴돌고 있는 것으로 보인다.

몸은 제도의 안과 밖에 비스듬하게 걸쳐 있는 일종의 경계의 영역이다. 몸에는 근본적으로 제도적 억압에 의해 완전히 점령되지 않는 잉여의 영역이 존재한다. 그 잉여의 영역이 몸이 가진 이중적 존재 방식을 결정짓는다. 도덕적 금기 체계를 통해 몸을 관리하고 통제하려는 제도적 억압의 틀은 끊임없이 몸 자체가 지닌 고유의 자연성, 그 생물학적인 에너지에 바탕을 둔 몸 자체의 욕망과 충돌한다. 제도적 금기 체계 안에 갇힌 그 생물학적인 몸의 욕망은 몸의 영토를 제도의 안과 밖이 부딪치는 경계의 영역으로 이끌고 간다. 근대적 세계관의 틀 안에서 몸은 제도 안에 있으면서 동시에 끊임없이 제도로부터 일탈된 지점으로 튕겨져나가는 것으로 자신의 존재 방식을 실현해왔다. 서구의 역사에서 이성과 비이성의 대립, 혹은 아폴로와 디오니소스로 대변되는 두 개의 대립적인 세계관의 한가운데에는 금욕주의와 육체성에 대한 탐닉이라는 몸에 대한 두 가지의 상반된 태도가 자리잡고 있었다. 비이성의 영역에서 몸은 도덕적 금기를 깨뜨리고 이성적인 삶의 질서를 위협하는 탈제도화된 욕망의 언어로 이성적 세계 질서의 위선을 폭로하고 그 질서에 어떤 균열을 가져오는 저항적 담론의 장치로서의 의미를 갖는 것이다. 이성적 세계관 속에서 몸이 갖는 그와 같은 저항적 의미는 생물학적인 몸과 제도화된 몸 사이에 존재하는 어떤 틈에 의해 생겨나는 것이다. 생물학적 유기체로서의 몸은 외부와 연결되어 있으면서 동시에 외부로부터 고립된 하나의 독자적인 욕망과 감각의 세계를 형성하고 있다. 몸과 제도 사이에 존재하는 틈은, 몸에는 언제나 그 욕망과 감각의 세계가 몸과 관련된 제도화된 규정의 틀 속으로 완전히 환원될 수 없는 잉여 부분, 바로 감각적 사유(私有)의 영토가 존재하고 있다는 데서 발생한다.

몸이 지닌 사유성(私有性)은 몸의 감각이 근본적으로 제도에 의해서 완벽하게 통제될 수 없는 생물학적인 자체의 발생구조를 지니고 있다는 데 있다. 말을 바꾸면 몸 내부의 심연속에는 여전히 제도적인 삶의 차원으로 넘어가기 이전의 어떤 시원적 자연성이 내재해 있는 것이다. 물론 그러한 생물학적인 자연성 또한 수많은 이데올로기적 감각 장치들에 의해 끊임없는 훼손과 왜곡을 겪어왔지만, 그럼에도 불구하고 몸 내부의 그 고유한 생물학적 자연성은 제도적 이데올로기에 의해 끊임없이 오염당해온 몸의 영토에서 그 이데올로기적 오염에 대한 저항적 담론의 자리를 가능케 하는 근본적인 바탕을 이루는 것이라고 할 수 있다. 채호기의『밤의 공중전화』를 이끌고 가는 것은 바로 몸을 통해 이루어지는 감각적 체험 가운데 가장 강렬하면서도 은밀한 부분이라 할 수 있는 '성'이라는 매개를 통해 몸의 심연 속에 내재한 이러한 시원적 자연성의 세계에 이르려는 노력인 것 같다. 시인은 시집의 뒤표지에서 이 시집에 대해 "몸은 감각을 통해 자기 자신 혹은 세계를 표현한다. 그 감각을 언어로 생산하는 불가능한 작업이 이 시집의 시들이다"라고 말한다. 몸의 감각은 몸이 이 세계에 대해서 반응하고, 그 반응을 몸의 기억 속에 새기는, 몸이 이 세계와 교통하는 유일한 통로이다. 이러한 몸의 감각은 언어적 소통의 영역 밖에 있다. 감각은 시인이 "입놀림을 통해 인간은 서로서로의 생각을 주고받는다. 입놀림은 말을 생산하고, 말은 서로의 소통을 낳는다. 그러나 소통의 저 밑바닥, 본질적 소통에는 언제나 섹스가 숨어 있다"(70)*라고 말하는 것처럼, 몸과 몸이 부딪치는 지점에서 만들어지는 언어 이전의 한층 더 원초적인 소통의 방식이기 때문이다.

근본적으로 언어는 이 세계를 대상화하려는 인식적 노력의 소산이다. 언어의 발생적 근거에는 대상의 의미를 규정짓고, 그 의미가 공유되는 지점을 통해 사회적 의미의 소통 기반을 마련하려는 사회 구성체 내부의 요구가 내포되어 있다. 인간의 언어적 소통 행위는 대상과 나 사이를 매개해주는 그와 같은 언어의 공유적인 의미 기반에 의해 가능해지는 것이다. 그러므로 언어적 소통의 영역에서 대상과 나 사이에는 언제나 언어적인 인식 행위가 개입해 있다. 그리고 그 언어적 인식 행위는 근본적으로 제도적인 삶의 차원에서 규정지어지는 것이다.『밤의 공중전화』에서 시인이 몸에 의한 감각적 소통 방식에 매혹되는 것은 언어를 매개로 하지 않는, 다시 말해 대상에 대한 제도적인 의미 규정에 얽매이지 않는

---

* 이하 괄호 안의 숫자는 채호기,『밤의 공중전화』, 문학과지성사, 1997의 인용 면수를 가리킨다.

대상과의 보다 직접적이고 원초적인 소통의 방식에 이끌리기 때문일 것이다. 그러나 시는 언어로 씌어지는 것이기 때문에 시인은 그 원초적인 감각적 소통의 문턱에서 다시 언어적 소통의 영역으로 귀환할 수밖에 없다. 감각적 소통을 언어적 소통의 영역으로 이끌고 오려는 그 불가능한 작업을 시인은 다음과 같이 시도하고 있다.

　　목마르게 기다리고 있는 목구멍의 심지 같은 목젖과 바싹 마른 꽃잎처럼 가벼운 날아가버릴 것 같은 혓바닥을 폭발하는 뜨거움으로 점화시키던 불인두 같은 너의 혀처럼, 입술처럼.

　　순식간에 빨갛게 달아오르던 몸에로, 한 물결이 다른 물결을 일으키듯이, 한 바람이 다른 바람을 펄럭이듯이, 해일이 덮치듯 추락하며 쏟아지던 너의 몸, 너는 그때 절망이었다.

　　쓰러지던 몸을 받쳐준 것은 너의 입술. 끝나지 않은 끝에 대롱대롱 매달린 벌집처럼 너의 입술에 매달려 있었다. 지금에 와서, 나는 너를 희망이었다고 되새긴다.　　—「첫밤」 부분

이 시에서 그려지고 있는 것은 성을 통해 몸과 몸이 소통하는 최초의 감각적 체험의 순간이다. 채호기의 시에서 몸과 몸 사이를 잇는 소통의 통로로서 성적 체험이 중요한 의미를

지니는 것은, 성이야말로 몸과 몸 사이의 가장 강렬하면서도 직접적인 소통의 방식이기 때문일 것이다. 그 강렬한 성적 소통의 순간은 몸이 몸을 둘러싸고 있는 모든 타자성의 세계로부터 벗어나 몸 그 자체의 순수한 내적 욕망에 완전히 몰입해 있는 순간이다. 그 순간 몸과 몸 사이에는 다만 출렁이는 원시적인 감각의 충만함으로 가득 찬 시원의 자연성만이 존재할 뿐이다. 이 시가 최초의 성적 감각의 순간을 그리고 있다는 것과, 그러한 감각을 표현하기 위해 동원된 불, 물결, 해일 등과 같은 수식어들은 그와 같은 시원의 자연성과 깊은 관련이 있다. 그러나 몸이 성을 통해 그 시원의 자연성으로 되돌아감으로써 얻는 강렬한 해방의 체험은 찰나적이고 불완전한 것이다. 하나로 합쳐진 몸이 둘로 나뉘는 순간, 타자성의 세계는 그 나누어진 몸의 틈새로 스며들어와 다시 몸의 영토를 점령해버리고 만다. 시인이 너의 몸에서 절망을 보는 것은, 그럼에도 다시 너를 통해 희망을 되새기는 것은 몸이 그처럼 끊임없이 제도와 탈제도를 넘나드는 경계의 지점에 놓여 있기 때문일 것이다.

그런데 여기에서 시인의 시적 상상력의 중심축을 이루고 있는 '너의 몸'이 여성적 타자로 설정되어 있다는 것은 채호기의 시에서 몸이 지니는 의미와 관련하여 특별한 주목을 요한다. 『밤의 공중전화』이전의 『슬픈 게이』에서도 시인은 남성의 몸을 벗어나 여성의 몸으로 옮아가길 갈망하는, 그리고 그 때문에 제도권으로부터 버려진 삶을 살아갈 수밖에 없는 게이들의 양성적인 몸의 세계를 통해 남성성 / 여성성 사이의 대립이 갖는 의미를 자신의 주요한 시적 테마로 밀고 나간 적이 있었다. 『밤의 공중전화』에서 그 대립은 게이라는 구체적인 현실적 대상으로부터 '너의 몸'이라는 다소 막연하고 추상화된 대상의 차원으로 옮겨오고 있다. 이 시집에서 강렬한 힘으로 시적 화자의 의식과 욕망을 사로잡고 있는 너의 몸은 그 실체가 분명치 않는 무정형의 모습으로 나타난다. 너의 몸은 시의 화자에게 하나의 전체적인 시각적 대상으로 다가오기보다는 강렬하지만 불투명한 감각적 실체로 존재하는 것이기 때문이다. 이를테면

　　머릿속에 들어 뇌신경을 또각또각 밟고 다니는 것. 밥 먹고 세수하고 의자에 앉아 있을 때, 음악을 들을 때, 거리를 걸을 때, 너는 언제나 꿀렁거리며 나에게 부딪히고, 흘러넘쳐 머리카락이 이마에 닿고, 콧구멍이 너무 크게 보이도록 얼굴을 덮어씌우고, 혀를 휘두르듯 내밀어 융털을 쓸거나, 주먹으로 가슴을 파들어오고, 피부처럼 붙어서 벗을 수 없는 것. 항상 물렁물렁하고 구불구불하고 찐득찐득하고 튀어나오고, 빨아들일 듯 파인 깊이일 뿐. 사랑이란 걸죽한 액체 속에 너란 건 항상 나와 뒤섞여 있는 것. 　　　　　　　　　　　—「너」 부분

과 같은 시에서 내가 너의 존재를 인식하는 것은 나의 몸에 남아 있는 너의 몸에 대한 기억, 나의 몸이 너의 몸을 감각하던 순간의 기억을 통해서이다. 밥 먹고 세수하고 거리를 걷는 사소한 일상사의 틈 사이로 너의 몸에 대한 감각은 나의 몸에 새겨진 기억을 통해 끊임없이 재생된다. 이때 감각적 체험을 통해 감지되는 너는 하나의 전체적인 상이 아니라 신체의 각 부위로 분할된 몸의 이미지들로 다가온다. 감각적 접촉은 대상에 대한 보다 직접적이면서 국지적인 체험의 방식이기 때문이다. 그러나 너의 손이, 혹은 너의 입술이, 너의 허리가, 너의 등이 나의 몸에 닿는 순간, 몸 전체는 몸의 "모든 살과 모든 피들이"(49) 그 특정한 신체의 부위에로 휩쓸리면서 "솜털과 피질, 땀샘, 핏줄과 신경의 얽힘, 맥박과 근육의 수축, 피의 팽창 들이 격렬한 물질인 채로 물렁물렁해지다가 딱딱하게 굳고 부풀어오르다가 쪼그라드는"(40) 무정형의 격렬한 감각적 에너지에 휩쓸리게 된다. 그리고 몸 전체가 그 격렬한 감각적 에너지 속으로 휩쓸려들어가는 느낌 속에서 "딱딱하게 응고되어 있던 판에 박은 내 몸은 네 몸 속으로 들어가며, 흘러내리는, 윤곽이 비확정적인 액체가 된다. 부드러워지고 자유로워지고 혼란스럽고, 방향도 목적도 없는 힘, 어떤 무엇이 되려는 재료, 가능성이 된다"(64). 결국 너의 몸 속으로 들어가는 격렬한 감각적 체험을 통해 시인이 말하고자 하는 것은 '판에 박은' 몸의 경계를 허물고 몸과 몸이 하나로 풀려드는 지점에서 생성되는 새로운 육체성의 세계인지도 모른다. "내 몸은, 너의 몸으로 들어가 숨는다. 네 몸 속으로 사라진다. 이 세상 그 어디에도 내가 없기 위해. 오로지 네 안에서만 내가 살기 위해"(73)에서 나의 몸을 벗어나 너의 몸에 이르려는 그 욕망은 현재의 몸에서 다른 몸으로 건너가고 싶은 욕망, 혹은 몸을 통한 다른 세계로의 탈출 욕망으로 나타난다. 시의 화자가 격렬한 관능적 체험의 순간을 통해 도달하고자 하는 그 몸은 여성의 몸이다. 『슬픈 게이』로부터 『밤의 공중전화』로 이어지는 시인의 시적 모색은 남성성의 몸으로부터 여성성의 몸에 이르는 지속적인 상상적 모험의 주변을 맴돌고 있다. 남성성의 몸, 그것은 점령당한 몸이며 식민화된 몸이다. 그 식민화된 몸의 영토 너머에서 여성성의 몸은 어떤 신생의 몸, 처녀지로서의 시원성에 감싸여 있는 몸, "버캐를 입에 물고 막 잠에서 깨어나는 대지의 오래된 피로를 엄습하는 새벽 냉기를 뒤덮는 하얀 이슬"(66)의 몸으로, "초록 피가 물결치는 초록 풀, 초록 잎사귀, 자줏빛 파고지꽃. 그리고 수만 마리의 바다"(89)와 같은 원시의 물결로 출렁이고 있다. 그리고 "모든 것의 끝에 너의 시작이 있었지"(93)라는 구절처럼, 시원의 자연성으로 끊임없이 출렁이는 '파과기의 바다'로 표현되는 너의 몸은 "다른 세계로 가는 입구"(77), 혹은 "자기 생의 근본을 바꾸려는 모든 혁명가들의 활주로"(66)인 것이다.

그러나 그 여성성의 몸은 여전히 '너'의 몸이다. "그날 어둠 속에서 입 속으로 얼음 같은 칼날처럼 너의 혀를 찔러넣었듯이"(34)나, "내 손이, 네 몸이 알고 있는 너"(41) 등의 구절에서는 나/너 사이의 감각적 체험의 경계가 뒤섞이는, 그럼으로써 나/너의 경계가 지워져버리는 격렬한 관능의 열정이 그려지고 있지만, 시인의 시적 상상력 속에서 너는 여전히 어떤 대상적 인식의 자리에 머물러 있다. 너의 손이, 너의 입술이, 너의 허리가 나의 몸에 닿는 감각적 전율의 순간은 몸의 각 부분들이 "시각이나 촉각이 아닌 살 속에서 꿈틀거리는 힘의 감각, 목적도 없이 방향도 없이, 살아 뜀뛰고 있는 내 몸에서 뿜어져나오는"(41) 어떤 강렬한 운동 에너지로 통합되는 순간이다. 그러나 분할된 몸의 경계선들을 무너뜨리는 그 감각적 통합의 순간을 지향하면서도 시인이 언어를 통해 그 통합적인 몸의 감각을 인식하는 것은 너의 손, 입술, 젖가슴, 허리 등의 분할된 몸의 지점들을 통해서이다. 너의 몸을 다루는 이러한 표현 방식은 너의 몸을 받아들이는 시인의 언어적 인식이 여전히 대상에 대한 분석적인 접근 태도에 바탕을 두고 있는 것은 아닌가라는 추측을 가능케 한다. 그리고 대상에 대한 분할의 논리에 바탕을 둔 이러한 분석적 접근 방식은 시인의 시적 상상력이 대상에 대한 어떤 인식적 장악, 혹은 지배의 논리 위에 서 있는 것은 아닌가라는 또 다른 추측을 불러온다. 그렇다면 감각적인 통합의 순간을 통해 남성성의 몸에서 여성성의 몸으로 옮아가려는 시인의 상상적 모험은 여전히 대상에 대한 남성적인 담론의 틀을 벗어나지 못하고 있는 것은 아닐까? 이 지점에서 지적될 수 있는 것은 채호기의 시 속에서 감지되는 언술 방식의 어떤 관념성이다. 격렬한 감각적 통합의 순간을 시적 언어로 옮기려는 노력은 그것이 시적 메시지의 차원을 넘어 언어적 형식의 차원으로까지 뻗어나갈 때 비로소 그 완성의 지점에 접근할 수 있을 것이다. 진정한 의미에서 육체성의 언어적 미학은 몸에 '관한' 담론이 아닌, 몸'의' 담론을 통해서 실현될 수 있을 것이기 때문이다. 그러나 어쩌면 이 모든 지적은 감각이라는 육체의 언어를 인식의 언어로 옮기려는 이 특이하고도 불가능한 시도가 짊어질 수밖에 없는 필연적인 한계의 영역 내에서 논의되어야 하는 것일까?

2

송재학의 시들은 너무 멀리 있거나 너무 높이 있다. 적어도 내가 따라잡기에는 그렇다. 『그가 나를 만지네』에 실린 송재학의 시들에서 느껴지는 것은 어떤 한 세계를 지나와 그 내부를 투명하게 여과시켜버린 듯한 어떤 탈속화된 정신의 경지이다. 시인은 「자서」에서 "지난 몇 년 동안 내가 따라갔던 애매성의 공간"을 말하면서, "그 공간이란 날아다니는 새에 비유한다면 깃털과 깃털 사이의 꽈리 같은 허공일 것이"라고 얘기하고 있다. 그러면서 "흰색과 격렬함을 집어삼킨 분홍빛"에 대한 언급을 덧붙이고 있다. 애매성의 공간, 깃털과 깃털 사이의 허공, 흰색과 격렬함을 집어삼킨 분홍빛은 하나로 이어지면서 송재학의 시에서 느껴지는 그 탈속화된 세계의 이미지들에 대한 하나의 막연한 그림을 떠올리게 한다. 송재학의 시들을 읽으면서 내가 주로 생각했던 문제는 그러한 세계를 떠받치고 있는 인식론적 바탕은 무엇일까라는 것이었다. 그 문제는 아마도 송재학의 시들이 보여주는 서정적 세계 인식의 맥락을 살펴보는 일과 통해 있을 것이다.

송재학은 뛰어난 서정 시인이다. 이 말은 송재학의 시들이 근본적으로 전통적인 서정시의 문법적 틀 안에서 쓰여지고 있음을 의미한다. 서정적 세계 인식의 범주에서 인식의 주체는 대상 속으로 스며들어 그 대상을 자신의 내부로 끌어들이는 강한 자기 동일시의 정신 활동을 보여준다. 외부로 확산되는 인식의 중심에는 언제나 인식 주체의 확고한 정서적 구심점이 놓여 있는 것이다. 서정적 세계 인식은 근본적으로 통합적인 세계 인식의 방법이다. 서정적 자아는 대상을 분할하고 분석함으로써 대상에 대한 타자화된 거리를 유지하기보다는 자기 동일화된 정서적 교감을 통해 자신과 대상 사이의 거리를 소멸시킴으로써 대상과의 통합적 관계를 지향한다. 대상과의 분석적 거리가 아닌 통합적 동일화를 지향하기 때문에 거기에는 외부 세계에 대한 갈등보다는 조화의 논리가 인식의 기본 바탕을 이루고 있다고 할 수 있다. 서정적 세계 인식의 틀 안에서 구성되는 세계는 그와 같은 자기 동일화된 정서적 교감을 통해 이루어지는 서정적 자아의 주관화된 이미지의 세계이다. 서정적 자아를 통해 드러나는 현실은 주관화된 서정성에 의해 창조된 하나의 미학적 현실인 것이다. 이처럼 서정적 자아가 대상과의 조화의 논리를 지향하는 이면에는 서정적 자아가 일상화된 삶의 현장에 대해 취하는 심리적 거리가 내재해 있다. 다시 말해 서정성이 갖는 조화의 논리는 일상적인 삶의 디테일로부터 일정한 미학적 거리를 유지하면서, 외부 세계를 자아의 내면 세계를 투영하는 은유적 장치들로 전환시키는 시적 문법을 그 바탕으로 하고 있는 것이다.

『그가……』에 실린 시들에서 우리는 그러한 미학적 서정성의 탁월한 경지를 만날 수 있다. 그리고 그러한 경지는 단순히 언어적 차원의 그것일 뿐만 아니라, 이 시집에서 느껴지는 어떤 정신의 경지와도 맞닿아 있는 것이라고 할 수 있다. 그러한 정신의 경지는 어떠한 욕망에의 집착으로부터도 자유로워지려는 정신적 지향과 밀접한 관련이 있는 것으로 보인다. 이 시집에서 시인이 외부의 대상들을 통해 그려 보

여주는 풍경들은 기실 시인 자신의 내면 세계를 투사하고 있
는 풍경이지만, 시인이 그 풍경을 바라보는 시선 속에는 일
정한 내면적 초탈의 공간이 내재해 있다. 송재학의 시가 갖
는 탈속의 분위기는 외부 세계뿐만 아니라 자신의 내면 세계
에 대해서도 시인이 일정한 정신적 거리를 유지하고 있는 데
서 생겨나는 것이 아닌가 한다. 그러나 궁극적으로 송재학의
시들에서 나타나는 그 탈속의 세계는 그의 시들이 그 내면화
된 시적 풍경에 대해 일정한 내적 거리를 유지하면서 동시에
그 거리 너머에서 그 풍경들을 끌어안는 어떤 정신적 포용의
자세를 보여주고 있다는 점과 연관이 있는 듯하다. 송재학의
시 속에 내재해 있는 어떤 정신의 경지는 그의 시적 풍경을
떠받치고 있는 그 거리두기와 끌어안음의 미묘한 내적 조화
속에서 형성되는 것인지도 모른다.

    그가 내 얼굴을 만지네
    홑치마 같은 풋잠에 기대었는데
    치자향이 水路를 따라왔네
    그는 돌아올 수 있는 사람이 아니지만
    무덤가 술패랭이 분홍색처럼
    저녁의 입구를 휘파람으로 막아주네
    결코 눈뜨지 말라
    지금 한쪽마저 봉인되어 밝음과 어둠이 뒤섞이는 이 숲은

나비떼 가득 찬 옛날이 틀림없으니
나비 날개의 무늬 따라간다네
햇빛이 세운 기둥의 숫자만큼 미리 등불이 걸리네
눈뜨면 여느 나비와 다름없이
그는 소리내지 않고도 운다네
───「그가 내 얼굴을 만지네」 부분

이 시에서 느껴지는 것은 마치 박명의 안개로 감싸인 듯한
풍경 속을 떠도는 형체가 분명치 않은 어떤 막연한 정서적
기운이다. 그 박명의 기운은 시 속의 풍경을 일상의 삶과는
다른 세계에 속한, 그렇다고 순수한 자연의 풍경도 아닌 신
비로운 탈속의 세계로 이끌고 간다. 그 탈속의 세계 속에 놓
인 비현실적 거리감은 공간성과 시간성을 모두 포괄하고 있
으며, 또한 그 세계는 가공의 것도 자연의 것도 아닌, 자연에
속해 있으면서도 정신의 영역 속에서 구축된 어떤 추상의 공
간이라고 할 수 있다. 이 시에서 나타나는 자연은 시인의 내
면 공간 속에서 구성된 하나의 은유적 이미지인 것이다. 이
시에서 '홑치마 같은 풋잠'과 '치자향' '무덤가 술패랭이'
'저녁의 입구' '나비떼 가득 찬 옛날' 등의 구절들을 이어주
는 이해할 만한 의미의 연결 고리를 찾아내는 것은 결코 쉬
운 일이 아니다. '그'라는 대상의 의미 또한 모호하다. 다만
이 시에서 시의 화자인 내가 그의 기운을 느끼는 것은 과거

와 현재, 죽음과 삶, 혹은 밝음과 어둠과 같은 대립적 힘들이 미묘한 역동적 조화의 상태에 놓여 있는 공간이라는 해석 정도는 가능할지 모르겠다. 사실 이 시에서 이러한 시적 표현들을 연결짓고 있는 것은 의미론적 실체가 아니라 오히려 하나의 정조에 가깝다. 아마도 이러한 의미의 모호함은 이 시가 보여주고 있는 세계가 언어적 인식의 범주를 넘어서는 어떤 인식적 초월의 지점 위에 놓여 있기 때문일 것이다. 시인이 "깃털과 깃털 사이의 꽈리 같은 허공"에 비유한 '애매성의 공간'이라는 것도 이와 연관지어 생각해볼 수 있다. 결국 송재학의 시가 지닌 애매성은 그의 시적 이미지들이 끊임없이 어떤 '사이'의 공간 속을 스쳐지나가고 있다는 데 있는 것 같다. 굳이 말한다면 그것은 언어적 공간과 비언어적 공간의 사이이거나, 현실적 공간과 초월적 공간, 혹은 인식 가능한 세계와 인식의 단계를 넘어서는 세계 사이의 공간이라고 할 수 있을 것이다. 시인이 자신의 시를 헌정하고 있다고 말하는 "흰색과 격렬함을 집어삼킨" 그 분홍색도 역시 '사이'의 색이다. 시인은 「흰색과 분홍의 차이」라는 시에서 분홍을 "흰색을 벗어나려는 격렬함"이라고 말하고 있다. 그렇다면 "흰색과 격렬함을 집어삼킨"과 "흰색을 벗어나려는 격렬함" 사이에는 어떤 관계가 있는가? 시인의 말을 좀더 따라가보면, "분홍은 病의 깊이, 분홍은 육체가 생기기 시작한 겨울 숲이 울고 있는 흔적, 분홍은 또 다른 감각에 도달하고픈 노루귀의 비밀이다." 시인의 말을 따라갈수록 점점 더 요령부득의 심연 속으로 빠져들고 있는 느낌이지만, 어쨌든 분홍이 격렬함과 격렬함을 벗어난 지점 사이에 놓여 있는 어떤 세계를 표상하고 있음은 분명해 보인다. 그렇다면 분홍은 격렬함과 격렬함을 벗어난 세계가 길항하는 육체와 정신의 어떤 접합점에 놓여 있는 색인가?

나는 앞에서 송재학의 시들이 보여주는 거리두기와 끌어안음 사이의 묘한 내적 조화에 대해 말했다. 시인이 사로잡혀 있는 '애매성의 공간'이라는 것은 또한 이러한 거리두기와 끌어안음 사이를 오가는 이중의 정신 활동과 무관하지 않을 터인데, 그 애매성의 공간은 내가 보기에 정신의 영역과 인식의 영역 모두를 포괄하고 있는 공간인 것 같다. 이미 말한 것처럼, 송재학의 시적 언어들은 기본적으로 마음이 가닿는 대상들을 시인 자신의 주관적 이미지의 세계 속으로 끌어들이는 서정적 자기 동일화의 어법에 충실히 기대어 있으면서도 동시에 자신의 내면을 투사한 그 주관적 이미지들로부터 일정한 정신적 거리를 유지하는 특성을 보여주고 있다. 이것은 근본적으로는 시인이 자신에 대해, 그리고 이 세계에 대해 취하고 있는 정신의 자세와 긴밀한 연관을 맺고 있는 것으로 보인다. 송재학의 시들 속에는 시인이 자신의 마음에 대해, 그리고 자신의 마음이 가닿는 외부 세계에 대해 취하는 어떤 정신적 절제의 공간이 내재해 있다.

침엽수림 위로 되새 무리는 그림자도 만들지 않는다
햇빛이 찍어대는 뢴트겐 사진은
한 사람의 영혼이 옮겨간 새들의 날개를
붕대 감았던 이두박근의 새 살로 보여준다
高熱의 하늘을 삼키던 새의 발자국
病을 쪼으다 말고 되새떼는
처음 내리는 함박눈처럼 공중으로 몰려간다
그의 육신에 생기는 낭떠러지와 상관없이
새들은 쪽빛 깊이 한 번 더 櫛文을 긋는다

　　　　　　　　　　　　　　　　　——「高杯」 전문

와 같은 시에서 되새 무리 속에 투사된 시인의 주관적 심상
을 통해 감지되는 것은 세속의 세계에서 육신을 가진 인간들
이 겪는 욕망과 고통의 세계로부터 벗어나고 싶은 갈망이다.
이러한 갈망은 대상 속에 자신의 마음을 투사하면서도 그 마
음으로부터 일정한 거리를 두려는 경향, 즉 마음으로부터 대
상에 대한 어떠한 욕망이나 심리적 집착도 무화시키려고 하
는 정신적 태도에 바탕을 두고 있는 것이라고 할 수 있다. 송
재학의 시들이 보여주는 주관적 서정성을 어떤 정신에의 경
지로 끌어올려주는 것은 바로 그와 같은 정신의 태도가 아닌
가 한다. 송재학 시들의 중심적인 심상들이 인간적인 삶의

세계에 속한 것이기보다는 자연적 대상들로 이루어져 있거
나, 일상적 삶의 공간을 떠난 여행지의 풍경들이 자주 시적
소재로 다루어지고 있는 것도 그러한 정신의 태도와 무관하
지 않다. 『그가……』에 실린 시들에서 느껴지는 탈속의 분위
기는 시인이 인간적 욕망의 세계에 대해서 취하고 있는 미학
적 거리로부터 생겨나는 것이라고 할 수 있다. 그러한 미학
적 거리는 이를테면 어머니를 바라보는 시인의 의식 속에도
스며들어 있다. "내 기억의 어머니는 일천구백육십년에서 삼
십 년 동안, 옥잠화가 보이는 흑백 스냅이 前期 얼굴이고 어
둔 귀로 흘러간 노래 듣는 하루가 後期다 어머니의 空閨에
앞뒤가 있었던가 어머니의 친정과 시댁이 바로 지척인 것처
럼 삼십대의 어머니와 환갑 넘은 어머니는 구별되지 않는다
아니 서른 살 어머니가 그 희미함으로 더 가깝다 은방울꽃이
햇빛을 밀어 피워내는 흰 꽃봉오리처럼, 그 어둔 향기의 말
기가 지금도 봉긋한 젖가슴을 동일 수 있는 것처럼"(「말기」)
이라는 시에서 이미 늙어버린 어머니의 젊은 시절의 모습에
대한 시인의 회상을 떠받치고 있는 것은, 인간적 욕망의 세
계에 대해 시인이 취하고 있는 그와 같은 미학적 거리이다.
그 기억 속의 젊은 어머니를 둘러싸고 있는 것은 인간적 욕
망이 모두 여과되어버린 듯한 탈속의 아름다움이다. 시인은
환갑 넘은 현재의 어머니보다 "서른 살 어머니가 그 희미함
으로 더 가깝다"고 말한다. 그 현재의 어머니는 이전의 시집

인 『푸른빛과 싸우다』에서 "그리고 자리에 누우면 어머니 몸 안팎으로 밀려오는 것들, 비가 몸을 적시고 늘 축축한 머리 맡엔 장마가 이어진다, 돌아가신 아버지를 기억하는 방마다 향을 피운다 죽은 사람과 향냄새를 피해 뱀은 어머니 아랫도리를 파고든다 구더기는 허벅지 살 속에 알을 슨다 거미들은 잇몸을 물어뜯고 새는 흰머리를 쪼아댄다"(「어머니는 무엇이든 잠재우신다」)라는 구절 속의, 여전히 누추하고 고통스러운 인간적 욕망의 세계 속에 갇혀 있는 어머니이다.

『푸른빛과······』역시 정신적 초탈의 세계를 지향하는 송재학의 시적 여정의 어느 지점에 놓여 있는 시집이기는 하지만, 이 시집은 소극적인 방식으로나마 육신을 가진 인간의 세계로 이어지는 통로를 어느 정도 열어두고 있었다. 이 시집에서 시인의 마음은 "정거장 근처의 시장에서 돼지고기 국밥을 먹고 / 적멸보궁이 있는 절까지 가곤 했"(「정거장」)던 것이다. 그러나 『그가······』에서 시인이 "내 몸의 뒤엉킨 큰 창자와 복개천은 저 별로 되돌아가고 싶어한다"(「어떤 복개천」)라고 말할 때, 시인이 가리켜보이고 있는 것은 육신의 세계를 벗어난 세계라고 할 수 있을 것이다. 육신의 세계에서 정신의 세계로 보다 깊숙이 들어간 지점, 그 속에서 시인은 욕망의 격렬함으로부터 무욕의 고요함으로 이어지는 세계를 꿈꾸고 있는 것은 아닐까? 시인은 "나 할말조차 앗기면 모슬포에 누우리라 / 뭍으로 가지 않고 물길 따라 모슬포 고요가 되리"(「모슬포 가는 까닭」)라고 말한다. 그러한 고요는, "돌 난간에 향기처럼 새겨진 인동초는 / 꽃 피우는 순간의 정지에서 벗어나왔다"(「고요가 바꾼 것」)에서처럼, 식물성의 이미지와 연결되어 있다. 이뿐만 아니라 『그가……』에 실린 시들에서는 정신적인 탈속에의 욕망을 투사하는 대상들로 식물적 이미지들이 매우 빈번하게 등장한다. 그 식물적 이미지들은 "수직의 가파름이 다투는 골짜기에서 / 숨쉬고 탄식하는 짐승의 냄새를 맡는다 / 꿈틀거리는 갈맷빛은 그 짐승의 내장이 뒤엉킨 것"(「금곡사 길」)이라는 구절 속의 격렬한 동물적 이미지와 대립하는 이미지들인 것이다.

그러나 격렬한 인간적 욕망의 세계로부터 벗어나려는 시인의 마음은 여전히 분홍의 자리에 놓여 있다. 과거와 현재, 육체와 정신, 죽음과 삶, 인식과 초월이 뒤섞이며 만들어내는 희미한 박명의 안개, 그 애매성의 공간 속에. 그 애매성의 공간은 인식과 불가지(不可知)의 경계가 맞부딪치는 공간이다. 시인은 욕망의 구속을 벗어나 일상성 너머의 공간, 그 정신적 초탈의 경지를 지향하지만, 그 일상성 너머의 세계는 인간의 언어적 인식의 경계를 넘어서는 어떤 불가지의 안개에 감싸여 있는 세계인 것이다. 어쩌면 송재학의 시들을 일정한 의미론적인 틀로 이해하기가 몹시 어려운 것은, 그의 시들이 언어적 인식의 틀 속에서, 그의 마음이 도달하고자 하는 그 불가지의 세계를 시 속에 담아내려 하고 있기 때문인지 모르겠다. 이러한 불가지의 세계는 제도적인 삶의 공간 바깥에 있는 세계이다. 제도적인 삶의 바깥으로 가기 위해 채호기가 몸이라는 통로로 들어간다면, 송재학은 정신이라는 통로로 들어간다. 그러나 채호기의 몸이 제도적 삶의 내부에서 바깥으로 통해 있는 통로라면, 송재학의 정신은 제도적 삶의 바깥에서 바깥으로 이동하는 통로라 할 수 있다. 『그가……』에 실린 시들이 보여주는, 대상에 대한 욕망을 버림으로써 대상을 자신의 미학적 세계 인식의 틀 내부로 끌어안는 정서적 포용성은 기실 일상성의 세계를 규정짓는 제도적 현실의 바깥에 있는 정신의 태도인 것이다. 송재학의 시에서 나타나는 시적 대상들에 대한 미학적 포용의 안쪽에는 일상적인 삶의 현실에 대한 미학적 거리가 내재해 있는 것이다. 그러나 그럼에도 불구하고 송재학의 시에 담긴 탈속화된 정신의 경지는 아직까지 초월이나 관조의 지점에까지는 이르지 않고 있다. 그것은 그의 시가 여전히 그의 내부에서 인간적 욕망의 세계의 한 끄트머리를 거머쥐고 있기 때문일 것이다. 그가 분홍이라는 '사이'의 공간을 떠나지 못하는 한은, 그리고 그 분홍이 "흰색을 벗어나려는 격렬함"의 긴장을 그 내부에 끌어안고 있는 한은, 송재학의 시는 여전히 어떤 비애를 끌어안은 채 애매성의 공간 안에서 흔들리고 있을 것이다.

선험적 낭만성으로부터
긍정적 초월의 세계관으로 이어지는 긴 여정
─ 황동규의 시세계

황동규의 시세계는 근본적으로 낭만적 서정시의 문법에
그 뿌리를 두고 있다. 황동규의 초기 시들이 구체적인 현실
적 삶의 공간으로부터 일정한 거리를 두고 있는 시적 화자의
밀폐된 내면적 정황을 매우 아름답고 정감 어린, 그러면서도
어떤 몽환적인 느낌을 강하게 불러일으키는 언어들로 표현
해내고 있다는 점은 지금까지 많은 평자들에 의해 지적되어
왔다.

"황동규의 많은 시가 고아(古雅)한 어미(語尾)로 예언자의
목소리를 발하고 있다는 것은 이 운명에의 각성과 사랑을 암
시한다. 그러나 그에게 있어 운명이란 구체적이고 현실적인
삶이 아니라, 환원하면 삶의 내부 혹은 삶의 추상이다. 그것
은 다분히 서구적인 정신이며"라는 김병익의 말이나, "이러
한 잠언적 진술은 절실한 생경험에서 나왔다기보다 간접적

교양 체험의 내면화에서 나온 것이라는 혐의를 짙게 한다"는 유종호의 지적은 황동규의 초기 시들이 보여주는 이러한 서정적이면서 몽환적인 내면성의 언어들이, 아직 실존적인 체험의 언어로서 삶을 받아들이기 이전에, 책을 통해서나(특히 황동규의 경우, 그가 책을 통해서 얻었을 서구적인 교양 체험이 그의 초기 시의 중요한 바탕을 이루고 있는 것으로 여겨진다) 혹은 그와 유사한 간접적인 체험의 통로를 통해서 삶을 추상화해내는 청년기 특유의 순수한 낭만적 열정으로부터 솟아나온 것이리라는 판단을 함유하고 있다고 볼 수 있다. 아직 구체적인 실존적 삶의 영역 안에서 심각한 정신적 위기나 상처를 겪는 시기에 이르지 않은 청년기의 그 순수한 낭만적 열정은 시인으로 하여금 자신의 내면 세계 속에 칩거하면서, 자신을 둘러싸고 있는 외부적 대상들을 그 낭만적 열정의 중심으로 끌어당기는 자기 동일성이 강한 시적 경향으로 나아가게 했을 것이다. 다시 말해서 황동규의 초기 시들이 보여주는 내면 풍경들은 구체적인 체험적 현실을 향해 의식이 열려 있는 상태에서 그 체험적 현실과의 적극적인 부딪침에 의해 야기된 의식 내부의 굴곡들을 보여주기보다는 외부적인 대상들을 의식 내부의 어떤 선험적인 정서의 자장 속으로 끌어들임으로써, 그 대상들을 화자의 의식 내적인 정황을 투사하는 서정적 이미지들로 추상화하는 시적 문법에 기대고 있는 것이라고 할 수 있다.

따라서 우리가 황동규의 초기 시들에서 만나게 되는, 화자
의 내면 정서에 깊숙이 침윤되어 있는 언어적 풍경들은, 그
러한 정서를 유발시킨 구체적인 현실적 삶의 정황과는 무관
하게 그 자체로 자족적이고 밀폐된 하나의 선험적 의식의 공
간 속에 놓여 있는 것이라고 할 수 있다. 이를테면 황동규의
초기 시에서 자주 나타나는 기다림, 쓰러짐, 얼음, 눈, 겨울
항구 등의 시어들, 그리고 그 시어들이 담고 있는 사랑과 방
황, 좌절, 그리움의 정서들은 대개 어떤 구체적인 외부 상황
에 의해 촉발된 것이라기보다는 청년기 의식 특유의 다분히
몽상적이고 낭만적인 정서의 형태로 체험된 것들이라고 할
수 있다.

　　진실로 진실로 내가 그대를 사랑하는 까닭은 내 나의 사랑을
　한없이 잇닿은 그 기다림으로 바꾸어버린 데 있었다. 밤이 들
　면서 골짜기엔 눈이 퍼붓기 시작했다. 내 사랑도 어디쯤에선
　반드시 그칠 것을 믿는다. 다만 그때 내 기다림의 자세를 생각
　하는 것뿐이다. 그 동안에 눈이 그치고 꽃이 피어나고 낙엽이
　떨어지고 또 눈이 퍼붓고 할 것을 믿는다.
　　　　　　　　　　　　　　　　　　　　―「즐거운 편지」부분

　황동규의 초기 시 가운데 대중적으로 가장 널리 알려져 있
는 이 시는 사랑의 마음을 노래하는 연시의 형태를 취하고

있다. 그러나 이 시가 일반 독자들의 마음속으로 파고드는 것은 그 사랑의 노래를 둘러싸고 있는 어떤 구체적인 현실적 정황이나 계기들을 통해서가 아니라 오히려 그러한 현실적 계기들을 배제함으로써 얻어지는 모호하고 몽환적인, 그러면서도 정서적 침투력이 매우 강한 아름답고 정감 어린 서정적 분위기를 통해서이다. 이 시에서 시인은 그 몽환적이고 낭만적인 의식 내부의 상태 속으로 외부의 사물들을 이끌어 들임으로써, 그 사물들을 탈현실화된 하나의 주관적 이미지들로 재구성해낸다. 이 시에서 우리가 읽을 수 있는 사랑의 좌절이나, 그 사랑의 좌절을 견디는 기다림의 자세와 같은 시의 내용들은 실상 그리 절실한 현실감의 무게를 지니고 우리에게 다가오지는 않는다. 이 연시풍의 시가 우리에게 불러일으키는 것은 어떤 구체적인 체험적 정서라기보다는, 언어와 이미지들이 화자의 의식 내부에서 조응하면서 빚어내는 일종의 추상화된 심미적 정서인 것이다.

황동규의 초기 시들이 대부분 언어나 시적 대상들을 화자의 밀폐된 심미적 욕망의 틀 안으로 끌어들이는 주관적 자기 동일성의 효과에 기대고 있다는 것은 황동규의 초기 시가 지닌 낭만적 서정이 삶에 대한 근본적인 존재론적 안정감의 틀 안에 머무르고 있음을 말해준다. 황동규의 초기 시들이 대부분 얼음이 꽝꽝 얼고 눈보라가 날리는 겨울이라는 계절을 시의 배경으로 하고 있고, 많은 시들이 "겨울날 빈터에 몰려오는 바람소리／그 밑에 엎드려 얼음 씹어 목을 축이고／얼어 붙은 못가에／등을 들판으로 돌리고 서서／못 속에 있는 우리의 마음을 바라볼 때／몸과 함께 펄럭이던 우리의 옷을 보라"(「겨울 밤노래」)나, "내 노래한다 겨울 항구를,／한겨울의 우울을.／어두운 선창에는／이리저리 몰려다니는 눈／배 떨어진 항구의／밀집한 밤을"(「비가 제11가」)과 같이, 낭만적 꿈이 좌절된 어둡고 음울한 의식의 내면 풍경을 노래하고 있지만, 그러한 좌절된 내면의 풍경을 드러낼 때조차 황동규의 초기 시는 대부분 보이지 않는 어떤 훈기에 감싸여져 있다는 느낌을 준다. 그것은 황동규의 초기 시들이 그려 보여주는 겨울 풍경이 낭만적 동경과 그 동경의 좌절이라는 정서적 문맥 안에 놓여 있는 것이기는 하지만, 그 낭만적 동경의 좌절이 현실과 의식의 마찰에서 비롯된 어떤 정신적 위기감의 소산이라기보다는, 앞에서 말한 대로 청년기 특유의 선험적 정서의 틀 안에 놓여 있는 것이기 때문일 것이다. 황동규의 초기 시에서 떠남에의 낭만적 열망과 떠날 수 없는 현실 사이에서 방황하는 화자의 내면 상태를 보여주는 대표적인 이미지인 겨울 항구나, 어두운 선창에 이리저리 몰려다니는 눈, 혹은 땅으로 내려앉지 못하고 허공을 떠다니는 성긴 눈과 같은 대상들 역시 현실적 삶의 구체적인 계기들에 의해 뒷받침되어 있지 않은 채 막연한 은유적 이미지의 차원에 머물러 있는 경우가 대부분이다.

그러나 황동규의 시들은 점차 이와 같은 폐쇄적인 낭만적 동경의 세계로부터 외부 현실을 향해 열려가는 의식적 변화의 조짐을 보여주는데, 많은 평자들이 그러한 변화의 징후를 드러내는 대표적인 시로 「기항지 1」을 꼽고 있다. 확실히 이 시는 이전의 시들에 비해 매우 객관적인 언술 방식을 취하고 있다. 이전의 시들이 화자의 내면을 투사하는 상상적 이미지들로 구성된 매우 주관적인 언술 방식을 보여주고 있다면, 이 시는 화자의 움직임과 그의 눈에 비친 사물들을 담담하고도 객관적인 어조로 묘사해나가고 있다는 인상을 주는 것이다.

걸어서 항구에 도착했다
길게 부는 寒地의 바람
바다 앞의 집들을 흔들고
긴 눈 내릴 듯
낮게 낮게 비치는 불빛
紙錢에 그려진 반듯한 그림을
주머니에 구겨넣고
반쯤 탄 담배를 그림자처럼 꺼버리고
조용한 마음으로
배 있는 데로 내려간다
정박중의 어두운 용골들이

모두 고개를 들고
　　　항구의 안을 들여다보고 있었다
　　　어두운 하늘에는 數三個의 눈송이
　　　하늘의 새들이 따르고 있었다.　　　——「寄港地 1」 전문

　　이전의 시들과는 달리 이 시에서 우리는, 화자의 내면적
언술이 직접적으로 드러나 있는 부분을 거의 찾아볼 수 없
다. 물론 이 시에서 묘사되고 있는 겨울 항구의 어둡고 음울
한 풍경 역시 기본적으로는 그 풍경을 바라보는 화자의 내면
상태와 밀접한 관련을 갖는 것이겠지만, 그 풍경은 이 시에
서 시인의 주관에 의해 상상적으로 구성된 풍경이라기보다
는, 하나의 객관화된 외부적 상황으로 제시되어 있다는 느낌
을 강하게 불러일으킨다. 다시 말해 이 시에서 시인은 화자
의 내면적 정황을, 화자의 주관적 심상에 따라 외부 사물들
을 상상적으로 조립해내는 언술 방식을 통해서가 아니라, 외
부 상황에 대한 관찰적 묘사를 통해서 간접적인 방식으로 드
러내는 언술 형태를 보여주고 있는 것이다. 그것은 시인의
내면 세계가 다분히 자족적이고 밀폐된 선험적 세계 인식의
틀로부터 벗어나면서, 상대적으로 안정되어 있던 자기 정체
성의 내면적 기반이 점차 어떤 위기 국면에 접어들고 있음을
말해주는 동시에, 현실에 대한 자의식적 인식의 열림을 통해
서 황동규의 초기 시를 감싸고 있는 낭만적 서정의 훈기가

점차 자취를 감추게 됨을 의미하는 것이라고 할 수 있다. 이 시에서 정박중인 배들과 어두운 하늘에 떠 있는 눈송이들은 이제 더 이상 낭만적 동경이라는 훈기 어린 여운을 수반하고 있지 않다. 그 이미지들이 숨기고 있는 어떤 좌절된 갇힘의 상태는 그 담담한 관찰적 묘사에도 불구하고 보다 심각한 현실적 감각으로 우리에게 다가오는 것이다.

그 갇혀 있다는 느낌은 자신을 둘러싸고 있는 현실적 상황에 눈을 돌리게 되면서 황동규의 시를 일관하는 하나의 지배적 정서로 자리잡게 된다. 그 갇힘의 상태 속에서 겪게 되는 시인의 자기 정체성의 위기 의식은, "칼날처럼 벗은 우리 조국/모양이 비슷한 단추를 이층으로 달고/잃은 머리처럼 눈 속을 걸었네/걸었네 걸었네/정신의 아픔에 한없이 깊은 침묵을 주는/젖은 칼을 머리에 쓰고"(「낙법」)나, "말을 들어보니/우리는 약소 민족이라더군./낮에도 문 잠그고 연탄불을 쬐고/有信 안약을 넣고/에세이를 읽는다더군"(「태평가」)과 같은 구절에서 당시 한국의 억압적인 정치 상황에 대한 인식과 긴밀한 연관을 맺고 있는 것으로 나타난다. 황동규의 시에서 그러한 억압적 정치 상황은 근본적으로 소통 장애의 언어 현실에 대한 자각을 통해서 인지된다.

아아 병든 말[言]이다.
발바닥이 식었다.

단순한 남자가 되려고 결심한다.
마른 바람이
하루종일 이리저리
눈을 몰고 다닐 때
저녁에는 눈마다 흙이 묻고
해 形象의 해가 구르듯 빨리 질 때
꿈판도 깨고
찬 땅에 엎드려
눈도 코도 입도 아조아조 비벼버리고
내가 보아도 내가 무서워지는
몰려다니며 거듭 밟히는
흙빛 눈이 될까 안 될까.   ──「계엄령 속의 눈」 전문

이 시에서 "병든 말"로 표현되는 소통 장애의 억압적 언어
현실은 "해 형상의 해" "몰려다니며 거듭 밟히는/흙빛 눈"
등의 이미지들과 더불어, 고통 어린 몸짓 속에서도 어떤 낭
만적 훈기를 잃지 않던 초기 시의 세계가 현실적 상황에 대
한 고통스러운 자각에 의해 억눌린 어두운 자의식의 세계에
그 자리를 내어주고 있음을 잘 보여준다. 그 억눌린 자의식
속에는 "눈도 코도 입도 아조아조 비벼버"린, 두려움과 공포
로 비틀린 마음의 풍경들이 자리잡는다. 『나는 바퀴를 보면
굴리고 싶어진다』에 실린 시들에서 읽을 수 있는, "나는 이

야기를 들고 친구에게 갔다. / 이야기를 들고 / 이야기의 두 다리를 매고 / 날개 묶고 / 모자 씌우고 / 낮에 녹았던 땅 다시 소리없이 어는 / 여섯시, 地靈처럼 말없이 걷는 사람들 사이로 / 이야기의 머리 누르며 친구에게 갔다"(「우리 죽어서 깨어날 때」)나, "우리는 나무를 심었다. / 얌전한 것들만 골라 / 말없는 시종들처럼 / 그들은 서 있다. / 입 감추고 얼굴 감추고 / 발소리도 감추고 / 팔만 달고"(「정원수」)와 같이, 말할 수 없는 강요된 침묵의 고통을 토로하는 표현들, 혹은 "아무도 날 수 없습니다. / 발에 걸립니다. / 새들도 나는 시늉만 합니다"(「편지 2」)나, "우리의 잠도. / 무언가 안에서 술렁거리고 / 식구들이 문득 허우적거릴 뿐"(「정원수」)과 같이 날지 못하는 상태, 혹은 잠속에 갇혀 허우적거리는 상태를 나타내는 표현들 역시 화자의 그와 같은 비틀린 마음의 풍경을 보여주고 있다. 그러한 비틀린 마음의 풍경을 안에서 떠받치고 있는 것은 어떤 흐르지 않음의 상태, 자라지 않음의 상태, 혹은 길 없음의 상태에 대한, 요컨대 어떤 정체(停滯)된 상황에 대한 시인의 첨예한 인식이다. 시인의 의식을 짓누르는 그 정체된 상황에 대한 인식은 시인에게 한편으로는 두려움과 공포, 혹은 자신에게 두려움과 공포를 일으키는 상황에 대한 불안하고 긴장된 응시의 자세를, 또 다른 한편으로는 그 정체된 상황으로부터 벗어나 자유롭게 풀린 의식의 상태를 추구하려는 마음의 움직임을 낳는다. 김현이 황동규의 시에 대해서 "황동규는 방법론적 긴장의 시인이다. 긴장된 자기를 확인하기 위해 긴장하지 않은 자기를 회의하고 비판하고, 긴장하지 않은 자기를 버리기 위해 긴장된 자기를 일깨운다"고 말할 때, 그 지적에 해당하는 것은 대부분 전자에 속하는 시들일 것이다. 물론 김현의 이러한 지적은 현실 상황에 대한 긴장된 응시의 자세를 버린 채 일상적 삶 속으로 긴장을 풀고 편안하게 함몰해버리려는 욕망에 대한 시인의 자기 반성적 태도까지를 포함하고 있다. 실상 황동규의 시가 지닌 방법론적 긴장은 근본적으로 그 불안하게 긴장된 응시의 자세와 긴장을 풀고 편안해진 의식의 상태에 대한 욕망 사이에서 갈등하는 지점에 놓여 있는 것이라고 말하는 것이 보다 사실에 가까울 것이다. 그의 시에서 상호 충돌하는 모순 어법들, 이를테면 「여름 이사」에서 "자정 넘은 뒤 / 같이 깨어 짖던 동네 개들이여 / 잘 있거라. / 나는 혼자 짖을 것이다"라는 구절이 곧바로 "짖지 못할 것이다. / 조그만 아파트 창 책상머리"와 같은 구절로 이어지거나, 「초가을 변두리에서」에서 "저 숨죽여 타는 불 / 나무들이 조용히 수척한 머리를 저을 뿐 / 우리 세대를 용서하시압"이라는 표현에 뒤이어 "혹은 용서 마시압. / 바람 불다 멎고 / 모든 꿈 타올라 구름으로 하늘에 뜰 때 / 질 일 두려워 봉오리로 남은 / 符號로 모인 우리를 / 용서 마시압"과 같은 구절로 연결되는 것은 두 가지의 상반된 심리 사이에서 시인이 겪는 마음의 갈등을 잘 보여주는 예일 것이다.

그러나 『나는 바퀴를 보면······』에 실린 시들을 자세히 읽어보면, 황동규의 시에서 무엇엔가 갇혀 있다거나 흐르지 못하고 정체되어 있다는 느낌이 불러일으키는 어떤 정서적 장애, 혹은 그 정서적 장애가 불러오는 의식의 긴장이 은밀하게, 그러나 지속적으로 그 정체된 상태의 긴장된 심리를 벗어나려는 마음으로 이끌리고 있음을 감지할 수 있다. 그런 의미에서 우리는 『나는 바퀴를 보면······』을 통해 이후 황동규의 시세계가 보여주는 주요한 변모를 예비하는 몇몇 징후들을 읽을 수 있다.

나는 바퀴를 보면 굴리고 싶어진다.
자전거 유모차 리어카의 바퀴
마차의 바퀴
굴러가는 바퀴도 굴리고 싶어진다
〔······〕

길 속에 모든 것이 안 보이고
보인다. 망가뜨리고 싶은 어린 날도 안 보이고
보이고, 서로 다른 새떼 지저귀던 앞뒤 숲이
보이고 안 보인다. 숨찬 공화국이 안 보이고
보인다. 굴리고 싶어진다, 노점에 쌓여 있는 귤,

옹기점에 엎어져 있는 항아리, 둥그렇게 누워 있는 사람들,
모든 것 떨어지기 전에 한번 날으는 길 위로.
　　　　　——「나는 바퀴를 보면 굴리고 싶어진다」 부분

바퀴는 움직일 때만이 비로소 바퀴가 된다. 그 바퀴는 이
미 나 있는 길 위를 굴러가기도 하지만, 굴러가면서 스스로
길을 만들기도 한다. 바퀴가 굴러갈 수 없는 길은, 혹은 바퀴
를 굴러가게 하지 않는 길은 진정한 의미의 길이 아니다. 길
은 바퀴를 굴러가게 함으로써 스스로 길의 자격을 부여받는
다. 정지되어 있는 길과 굴러가는 길, 그 멈춤과 움직임의 사
이에서 길은 우리에게 이 세계의 길을 열어 보여주기도 하
고, 또 그 길을 차단하기도 한다. 이 시의 2연에서 반복적으
로 나타나는 모순 어법적인 표현들은 갇혀 있는 현실과, 그
현실을 넘어 "모든 것 떨어지기 전에 한번 날으는 길 위로"
나아가려는 욕망 사이에서 흔들리고 있는 화자의 마음을 담
고 있다. 바퀴를 굴리고 싶은 욕망은 현실의 길로부터 벗어
나려는 욕망, 그 정체된 현실의 길이 강요하는 긴장된 힘을
풀고 자유로운 움직임의 세계 속으로 나아가려는 욕망의 다
른 이름일 것이다. 이러한 바퀴를 굴리고 싶은 시인의 욕망
은 이후 황동규의 시세계를 떠받치고 있는 끊임없는 여행에
의 욕망과 긴밀한 함수 관계를 맺고 있다고 할 수 있다. 아
니, 정체된 삶의 길을 거부하는 시인의 마음은 이미 『나는

바퀴를 보면……』맨 마지막에 실린, '구룡사에서'라는 부제를 달고 있는 「물」이라는 시에서 다음과 같은 표현을 얻고 있다.

> 내 언제 주저앉은 나를 되찾아
> 허리 새로 껴안고
> 인간의 문을 모두 열고
> 땅에 입 박고 떨며 흐르는 저 물의 맛을 볼 것인가.
>
> ──「물」부분

열림과 흐름, 그것은 앞으로 황동규의 시세계를 일관하는 시적 상상력의 주요한 속성으로 자리잡게 된다. 주저앉은 나를 일으켜 문 활짝 열고 "땅에 입 박고 떨며 흐르는" 물의 길을 따르고자 하는 욕망은, 『나는 바퀴를 보면……』의 뒤표지에 실린 "사람을 있는 그대로 사랑하는 법"이라는 말, 혹은 "자신도 모르게 주위의 풍경을 우리의 어두운 마음의 풍경과 비슷하게 만들어왔던 것이다"라는 말과 통하는 것이라고 할 수 있다. 그것은 곧 어떠한 마음의 구속도 없이, 외부 사물들을 향해 자신의 마음을 활짝 열겠다는 의지, 스스로 구속받지 않고 구속하지 않는 상태, 그 자유로운 방임의 경지를 향한 시인의 열망을 반영하는 것이기도 하다.

『악어를 조심하라고?』에 실린 시들은 의식의 묶임과 풀림 사이에서 방법론적 긴장을 유지하던 황동규의 시세계가 이처럼 의식의 풀림 상태로 급속히 기울어지고 있음을 잘 보여준다. 이들 시에서 어떠한 마음의 구속이나 걸림이 없이 사물을 바라볼 때 시인에게 찾아오는 것은, 일순 "머릿속이 환해"지는 어떤 도취의 체험이다.

> 삶에 취해 비틀거릴 때가 있다.
> 아스팔트 갈라진 틈에 구두 끝을 비비다가
> 밖으로 고개 내어미는 풀꽃의
> 쥐어박고 싶을 만치 노란
> 콩알만한 꽃송이를 보거나
> 구두 끝에 꽃물 남기고 뭉개진 꽃의 허리가
> 천천히 다시 들릴 때.
>
> 봄날 아파트 뜰에서
> 같이 살며 잊고 지낸 문딩이 새를
> 문득 새로 만날 때
> 눈썹이 희고 목이 노란
> (이름이 뭐드라, 얼굴은 참 낯익은데)
> 그놈이 까딱 고개 숙여 인사를 한다!
> 잠시 머릿속이 환해 비틀거린다. ──「삶에 취해」 전문

의식이 외부의 사물들을 향해 편안하게 풀려나가는 순간, 사물들은 시인의 마음속으로 스며들어 시인에게 사물에 대한 새로운 발견과 정서적 일체감의 체험을 부여한다. 그 도취, 혹은 열락의 체험은 일상적 삶의 닫힌 공간을 뚫고 들어오는 어떤 틈, 다시 말해 어떤 정서적 해방, 혹은 해탈의 체험이라고 할 수 있을 것이다(아스팔트 갈라진 '틈'에 구두 끝을 비비다가 시인이 발견한 풀꽃도 바로 그런 체험에 대한 일종의 비유적 의미로 읽을 수 있을 것이다). 그의 시가 보여주는 여행에 대한 끊임없는 열정은 바로 이처럼 일상적 삶의 안에서 밖을 향해 열린 어떤 틈의 공간을 찾아 나서려는 마음에 다름아닐 것이다. 그 여행에의 꿈은, "피가 흘러나오는 것을 보노라면 / '나'라는 생명도 어둡게 맴돌던 삶에서 / 한번 슬쩍 겁없이 벗어나보고 싶을 것이라는 생각이 든다 / 우선 출구를 純色으로 물들이고 / 삶의 손가락을 타고 흘러 / 흙, 혹은 시멘트 바닥에 떨어질 것이다"(「피」)라는 구절이나 "나도 자주 길을 잃었다. / 때로는 사는 도시에서 길 잃고 헤맸다"(「지구 껍질에서」)와 같은 구절에서와 같이, 일상적인 삶의 틀 속에서 이루어지는 끊임없는 마음의 일탈 욕구로 나타나기도 하고, 어느 날 불현듯 일상의 삶을 벗어나 여행 가방 챙겨 들고 길 떠나는 과정을 묘사하는 기행의 형식으로 나타나기도 한다. 『악어를……』에서부터 『미시령 큰바람』에 이르기까지 황동규의 시들은 모두 직접적이든 간접적이든 그 정신적 일탈에 대한 욕망을 중심으로 회전하고 있다. 이들 시집에 이르러 황동규의 시적 상상력을 짓누르고 있던 방법적 긴장의 정신은 이제 방법적 일탈, 아니 보다 정확하게 말한다면, '방법적'이라는 말이 지니고 있는 어떤 의도성마저 배제하려는, 그럼으로써 어떠한 얽매임도 없이 완전히 자유롭고 편안해진 의식의 상태에 가 닿고 싶은 욕망에 그 자리를 내어주고 있다.

그렇다면 황동규의 시세계에서 갑작스럽다면 갑작스러운 것으로 느껴질 수도 있을 이러한 시적 상상력의 전환은 어떻게 해서 가능했던 것일까? 무엇이 "얼굴 가린 비들이 내리고 있어요"나, "이 악물고 울음을 참아도 얼굴이 분해되지 않는다," 혹은 "마음 모두 빼앗긴 탈들이 서로 엿보며 움직이고 있었다"(「세 줌의 흙」)와 같은 구절 속에서 나타나던, 자아와 현실 사이의 대립적 불화 관계에 바탕을 둔 부정적이고 비극적인 세계 인식으로부터, 대립과 불화에 따른 의식의 긴장을 놓아버리고, 나아가 죽음과 삶의 대립마저 초월해버리려는 대긍정의 자세를 지향하도록 시인을 이끌고 간 것일까? 황동규의 시를 통해서 그에 대한 분명한 이유를 찾아내기란 그리 쉬운 일이 아닌 것 같다. 다만 우리가 분명하게 말할 수 있는 것은, 이미 앞에서 언급한 대로, 황동규의 시들에서 우리가 현실 상황에 대한 긴장된 방법론적 응시의 자세와 그 긴장된 자세로부터 자유롭게 풀려난 의식의 상태를 갈망하는 마음의 움직임이 미묘하게 길항하는 모습을 엿볼 수 있었다면,『악어를……』이후의 황동규의 시들은 이제 완전히 후자 쪽으로 이끌려가고 있는 모습을 보여주고 있다는 점뿐이다. 더불어 황동규의 시에서 억압적인 정치 현실에 대한 방법적 대응 논리로서의 의미를 지니던 균열되고 뒤틀린 자의식의 고통 또한 그의 시에서 자취를 감추게 된다. 대신 그 자리를 차지하게 되는 것은 안정된 중년에 이른 시적 화자의, 이 세계의 모든 현상들을 끌어안고 포용하려는 자세, 혹은 그 안정을 즐기면서도 그 안정된 삶으로부터 일탈하려는 미묘한 길항적 심리이다. 이제 황동규의 시들을 채우고 있는 것은 시인이 속해 있는 소시민적 일상사의 작은 테두리 속에서 시인이 겪는 자잘한 일들, 그리고 그 속에서 시인이 갈망하는 작은 일탈의 체험들이다. 황동규의 시에서 빈번하게 나타나는 여행의 체험들 역시도 근본적으로 그러한 소시민적 일상사라는 테두리를 벗어나 있는 것은 아니다. 그 여행에의 욕망은 안정된 일상적 삶의 테두리를 완전히 벗어나 다른 세계를 갈망하는 적극적인 일탈에의 욕망이 아니라, 일상적 삶의 틀 안에서 그 삶의 무료함과 무의미함으로부터 정신을 끊임없이 새롭게 재충전하려는 욕구에 그 바탕을 두고 있는 것이기 때문이다.

황동규의 시에서 정신의 재충전, 혹은 도취, 혹은 비상을 꿈꾸는 여행에의 욕망은 다양한 형태로 변주되어 나타난다.

짐을 꾸려서, 혹은 불현듯 차를 몰고 떠나는 여행만이 여행이 아니라, "콘크리트 터진 틈새로 / 노란 꽃대를 단 푸른 싹이 / 간질간질 비집고 나"오는 것, 혹은 "공중에선 / 조그만 동작을 하면서 / 기쁨에 떠는 새들"(「풍장 12」), 아파트 베란다에서 자라는 나무들, "오늘밤처럼 시도 잘 안 되고 / 글도 안 읽힐 때 / 생각난다, / 가시관 온몸으로 쓰고 있던 나무. / 그러나 몸의 힘 알맞게 빼고 / 눈감고 입다물고 편안히 누워 있던 그 나무"(「엄나무」), 베란다 벤자민 화분 부근에서 며칠 저녁 울던 귀뚜라미, 혹은 "악마가 속삭인다. / 싸구려 술 마시지 마라, / 진로 보해 금복주 경월 손대지 마라. / 어제는 가짜 시바스 리갈 마시고 / 진짜 때보다 더 화끈한 경지에 들어 갔었네. / 동서남북을 구별 않고 / 지하철 3호선을 거꾸로 타고 / 밤중에 구파발로 달려갔었네. / 북한산 뒷모습이 안개 속에 잘 보이지 않아 / 봄밤 속을 우주 속 헤매듯이 헤집고 다녔네"(「마왕」)와 같은 구절에서, 건강에 대한 소시민적인 염려를 버리고 마신 술에 취해 길을 잃고 헤매고 다닌 일들 모두가 일상의 삶 속에서 시인에게 일시적인 정신적 일탈의 체험을 제공해주는 대상들이라고 할 수 있을 것이다. 그 일탈의 체험은 "생물의 육체만이 꾸는 꿈 속에 / 나를 흥건히 취하게 한다"(「지상의 양식」)와 같은 구절이나,

　　가는 길은 사람 사이에서 자신에 들켜 숨쉬며

자기가 되는 길이리.
우선은 마음의 관리인을 집으로 돌려보내고
새벽 눈 위에 찍힌 그의 발자국을 따라가보리.
모든 마을의 맨 처음 입구를 만나리.

　　　　　　　　　　　　　　　　—「겨울의 빛」부분

와 같은 구절에서 나타나는 바와 같이, 어떤 원초적이고 생
생한 육체성의 체험이 이루어지는 순간을 향한 욕망과 통해
있다. 그 육체성의 생체험이 부여하는 정신적 도취와 비상에
대한 꿈은 "옷을 벗어버린 눈송이들이 / 지구의 하늘에서보
다 더 살아 춤추는 / 우주의 변두리, / 혹은 서울의 변두리 밖
으로, / 가고 싶다. / 확대경 속에서처럼 / 큰 눈송이들이 / 공
해에 찌든 몸의 옷 벗어버리고 / 속옷도 모두 벗어버리고 / 속
살 그대로 날으며 춤추는 / 춤추다 춤추다 몸춤이 되는 그곳
으로"(「풍장 34」)라는 구절이나, "가문비나무의 물결 / 사이
사이로 비포장도로의 순살결. / 저 날것, / 도는 군침!"(「몰운
대행」) 등의 구절들에서도 인간에 의해 망가지거나 때묻기
이전, 사물이 지닌 자연 그대로의 원초적 상태에 이르고자
하는 꿈으로 나타난다. 황동규의 시에 나무나 풀꽃들, 혹은
동물들과 같은 자연적 대상들이 빈번하게 나타나는 것 역시
그와 같은 원초적 삶을 향한 일탈에의 욕망과 밀접한 연관을
맺고 있다.

"참, 물벼룩 하나하나에도 심장이 뛰고, / 그리고 자기만의 내면 생활이…… / 햇빛이 수면에서 부서져 무지개색으로 퍼진다. / 한순간 허파 한 쌍과 마음 한 채가 몽땅 / 그 한 점에 깊숙이 빨려들었다가 / 확 놓여난다"(「견딜 수 없이 가벼운 존재들」)와 같이, 하찮은 생명체들을 통해서도 한순간 시인의 마음을 완전히 사로잡고 마는 그 원초적인 육체성의 체험이 부여하는 도취의 순간은 "인간만이 아니라 / 살아 있는 모든 것의 속에 사는, / 微物 속에서도 쉬지 않고 숨쉬는, / 〔……〕 / 원래의 편안한 모습으로 되돌아가려는, / 저 본능!"(「풍장 21」)의 순간, 마음의 모든 얽매임과 긴장을 풀고 의식이 생명의 가장 밑바닥에 도달한 순간이라고 할 수 있을 것이다. 모든 생명의 밑바닥, 모든 생명이 태어나고 원래의 편안한 모습으로 되돌아가 묻히는 그곳은 바로 땅일 것이다.

땅에 떨어지는
아무렇지도 않은 물방울
사진으로 잡으면 얼마나 황홀한가?
(마음으로 잡으면!)
순간 튀어올라
왕관을 만들기도 하고
꽃밭에 물안개로 흩어져
꽃 호흡기의 목마름이 되기도 한다.

땅에 닿는 순간
내려온 것은 황홀하다.
익은 사과는 낙하하여
無我境으로 한번 튀었다가
천천히 굴러
편하게 눕는다.   ──「풍장 17」 전문

　여기에서 사물들이 땅에 떨어지는 모습을 하나의 황홀경
의 체험으로 받아들이는 시인의 마음은 이미 삶과 죽음의 대
립적 긴장을 초월한 경지에 놓여 있다. 모든 생명체들이 삶
으로부터 죽음으로 나아가는 순간에 이루어지는 황홀경의
체험은, "함박꽃 가지에서 / 사마귀가 성교 도중 암컷에게 먹
히기 시작한다. / 머리부터. / 머리가 세상에서 사라지는 이
쾌감! / 하늘과 땅 사이에 기댈 마른 풀 한 가닥 없이 / 몸뚱
어리 몽땅 꺼내놓고 / 우주 공간 전부와 한번 몸 부비는 / 저
경련!"(「풍장 30」)과 같은 시에서, 생명이 새롭게 생성되는
순간과 겹치는 전율 어린 쾌감으로 표현되어 있다. 죽음과
삶이 둘이 아닌 하나라는 생각, 그 생각 속에서 죽음은 이제
단순한 생명의 소멸이 아니라, 생명의 가장 원초적인 상태로
의 황홀한 귀환, 우주의 공간 속으로 순결하게 기화(氣化)하
는 정신과 육체의 무한한 가벼움과 자유로움으로 인식된다.

죽음과 삶의 대립적 긴장을 초월한 자리에서 시인을 말한다. "바람을 이불처럼 덮고/化粧도 解脫도 없이/이불 여미듯 바람을 여미고/마지막으로 몸의 피가 다 마를 때까지/바람과 놀게 해다오"(「풍장 1」)라고. 황동규의 시에서 일상적 삶에 대한 방법적 일탈에의 욕망은 죽음에 대한 방법적 초월에의 욕망과 겹쳐지면서, 그의 시를 모든 대립적 긴장이 무화된 긍정적 세계 인식의 차원으로 이끌고 간다. 시인의 의식 속에서 삶의 순간순간 찾아드는, 죽음의 공포로부터의 상상적 해탈감은 시인에게 삶에 대한 집착이나 일상적 삶 속에서 느끼는 자잘한 마음의 상처들로부터의 해방감을, 그럼으로써 삶에 대한 너그러운 긍정적 포용의 자세를 부여한다. 그의 시에서 죽음은 인간적 삶의 한계성에 대한 절망감이나 그 한계성에 대한 인식 속에서 삶에 대한 정신적 긴장을 유지시키는 힘으로서가 아니라, 삶에 대한 욕망이 가져오는 긴장된 힘을 풀고, 의식을 자유롭고 편안하게 무장 해제시키는, 그럼으로써 번잡한 일상사의 틈새에 초연한 정신의 바람이 드나들 수 있는, 어떤 숨 트임의 공간을 제공하는 힘으로 작용하는 것이다.

그러나 황동규의 시가 보여주는 이와 같은 방법적 일탈이나 초월의 시적 상상력은 대개 그 일탈과 초월의 반대편에 있는 삶의 현실에 대한 인식의 치열성을 동반하고 있지 않기 때문에, 종종 포만한 정신의 경지에서 나오는 일종의 자족적이거나 유희적인 정서의 소산이라는 느낌을 불어일으키기도 한다. 물론 그러한 일탈 욕구가 자잘한 일상사에 의해 마모되어가는 자신의 삶에 대한 반성적 인식과 일정하게 손을 잡고 있는 것은 사실이지만, 그것은 일상적 삶 그 자체에 대한 근본적인 부정적 인식으로부터 나온 것이라고 할 수는 없다. 오히려 그와 같은 일탈적 욕구 못지않게 안정된 중년의 삶이 부여하는 정신적 충일감 역시 황동규 시의 밑바탕을 이루고 있는 주요한 특성 가운데 하나라는 점은 부정할 수 없다. 그런 의미에서 그의 시가 보여주는 일상사로부터의 방법적 일탈이나, 죽음에 대한 방법적 초월의 상상력은, 그것이 표면적으로는 일상적 삶의 밖을 겨냥하고 있는 것이라고 할지라도, 결과적으로는 끊임없이 일상적 삶 속으로 귀환하는, 아니, 처음부터 일상적 삶의 안정된 기반을 전제로 이루어지는 정신 내부의 자율적인 율동이라고 할 수 있다. 황동규의 시에서 자주 나타나는 편안함, 환함, 가벼움 등의 말들 역시 그러한 정신의 율동과 깊은 관련을 지니는 표현들일 것이다. 어떤 충일하고 편안한 의식의 경지에서 그의 시가 보여주는 삶에 대한 그 긍정적이고 포용적인 자세가, 개인들의 의식을 지나치게 억압하고 긴장시키는 우리 사회의 조악한 삶의 현실에 대해 시인이 선택한 나름대로의 시적 대응의 한 모습이라는 점을 인정한다고 하더라도, 나 개인으로서는 『미시령 큰바람』을 읽으면서, 황동규의 시들이 의식의 긴장을 풀어버린 그 긍정적 세계 인식의 바탕에서 일탈과 초월에의 욕망들을 관성적으로 재생산해내고 있지는 않은가라는 혐의를 품게 됨은 어쩔 수가 없다. 이 글을 맺으면서, 삶에 대한 긍정의 자세는, 모든 대립적 긴장을 뛰어넘어버린 자리에서가 아니라, 그것을 대타적인 삶의 조건으로 적극적으로 받아들이는 자리에서 진정한 의미의 정신적 탄력성을 부여받게 되는 것은 아닐까라는 생각을 조심스럽게 해본다.

토종의 미학, 그 서정적 감정 이입의 세계
──신경림의 시세계

    신경림의 시를 읽는 것은 산업화되어가는 사회 변화의 흐름에 떠밀려 끊임없이 변두리에서 변두리로 떠밀리기만 하는 사람들의 후줄근하고 을씨년스러운 삶의 조각들과 만나는 일이다. 피폐해질 대로 피폐해진 농촌에서 가난과 절망이 해진 빨래 조각들처럼 스산하게 나부끼는 도시 변두리의 산동네에 이르기까지, 시인은 화려한 도시 문명 뒤에 가려져 있는 버려진 사람들의 버려진 삶의 그늘 속을 배회하며, 그 속에서 고통과 좌절, 체념과 울분으로 얼룩진 그들의 힘겨운 삶의 이야기들을 읽어내려 애쓴다. 가난과 고통으로 얼룩진 이들의 삶에 대한 관심은 신경림의 시세계를 지배하고 있는 일관된 시적 주제이다. 등단한 후 오랫동안의 침묵 끝에 작품 활동을 재개했다는 1965년 이후부터 지금까지 신경림은 이 일관된 시적 주제로부터 크게 벗어나지 않는 작품 세계를 보여주고 있다. 그런 점에서 신경림의 시세계에는 거의 변화가 없다. 그 변화 없음은 신경림 시의 힘이기도 하고 또한 한계이기도 하다. 시대와 세태의 급속한 변화의 흐름 속에서도 고집스럽게, 혹은 고지식하게 이른바 '토종의 미학'이라 부를 수 있을 시세계를 고수하고 있는 신경림의 시는, 우리 사회가 그러한 급속한 변화의 대가로 지불해온, 그러나 그 현란한 변화의 흐름에 취해 우리의 관심사로부터 차츰 멀어져가는 피폐한 변두리적 삶의 모습들을 되풀이해서 우리 앞에 불러내온다.

  신경림의 시에서 도시적인 삶의 반경으로부터 밀려나는 우리의 재래의 삶, 재래의 풍물에 대한 강한 정서적 친화성은 근본적으로는 이른바 '촌놈 기질'이라고 일컬을 수 있는 시인 자신의 생래적인 정서에 그 바탕을 두고 있는 것처럼 보이지만, 그와 동시에 우리나라의 파행적인 현대 정치사와 산업 사회로의 급격한 재편의 과정에서 그 기반을 잃고 와해되어가는 농촌의 삶에 대한 어떤 결정화된 이념이 그와 같은 정서와 함께 맞물려서 형성된 것이라고 할 수 있다. 다시 말해서 농촌적 삶에 대한 시인의 생래적인 친화감으로부터 비롯된 듯이 보이는 신경림의 시들은 점차 이념화된 의식의 단련을 통해 이른바 민중의 삶에 대한 인식의 기반을 보다 확고하고 명료하게 다져나가고 있는 듯이 보이는 것이다. 신경림의 시들이 기본적으로 서정시의 특징적인 언술 방식, 즉 대상과 그 대상을 바라보는 주체의 정서적 동일시를 바탕으로 하는 감정 이입의 언어들로 이루어져 있다는 것은 농촌의 삶과 관련된 시인의 그와 같은 생래적 정서와 긴밀한 연관을 맺고 있는 것으로 보인다. 실상 이러한 감정 이입의 언어는 이미 신경림의 데뷔작인 「갈대」에서부터 그의 시의 기본적인 언술 형태로 자리잡고 있던 것이었다. "언제부턴가 갈대는 속으로/조용히 울고 있었다./그런 어느 밤이었을 것이다. 갈대는/그의 온몸이 흔들리고 있는 것을 알았다"로 시작되는 「갈대」에서 시인은 객관적 대상인 갈대에 어떤 인간적인 내면을 부여함으로써 그 대상을 자신의 주관적 정서의 틀 속으로 끌어들이는 언술 방식을 보여주고 있다. 신경림의 시세계가 이처럼 대상을 정서적 동일시의 과정을 통해서 주관화하는 전통적인 서정시의 문법에 그 바탕을 두고 있다는 것은 그의 시가 궁극적으로 인간과 사물 사이의 정서적 일체감이 가능했던 시기의 언어적 문법에 기대어 서 있음을 말해 주는 것이라고 할 수 있다. 신경림에게 있어 이러한 감정 이입의 정서는 거의 체질적인 것으로 보인다. 그의 언어는 대상과의 일정한 정서적 거리감을 유지하면서 그 대상의 의미를 읽어내려 하기보다는, 그 대상을 자신의 주관적 정서 속으로 끌어들임으로써 대상과 인식 주체 사이에 놓여 있는 거리를 무화(無化)시키려는 언어이다. 이처럼 주관성이 강한 감정 이입의 언어들은 대상의 해체보다는 대상과의 통합을,

대상과의 정서적 긴장의 유지보다는 대상과의 정서적 동화(同化)를 추구하는 경향이 있다. 근본적으로 대상에 대한 어떤 주관화된 통합적 정서에 바탕을 두고 있는 감정 이입의 언어들 속에서 그러한 감정 이입의 정서적 주체는, 그 대상이 자신의 정서적 논리에 부적합하거나 적대적일 때, 그럼으로써 그 대상과의 어떤 내면적 긴장 관계가 이루어지려 할 때, 그 긴장을 견디어내거나 그 긴장의 의미를 분석적으로 읽어내려 하기보다는 대상 그 자체를 주관화된 인식의 틀 밖으로 밀어냄으로써 그러한 긴장 관계 자체를 해소하려는 경향을 더 강하게 보여준다고 할 수 있다.

신경림의 시가 별다른 변화 없이 하나의 일관된 시세계를 고수하고 있다는 것, 혹은 그의 시가 삶의 변화된 상황에도 불구하고 자신의 시적 주제를 일관되게 지켜나가고 있는 것은 그의 시가 근본적으로 대상과의 정서적 일체감에 바탕을 둔 전통적인 서정시의 세계에 그 뿌리를 내리고 있다는 점과 긴밀한 관련이 있을 것이다. 신경림의 시에서 그와 같은 전통적인 서정시의 문법이란 그의 시의 근본 바탕을 이루고 있는 농촌 공동체적인 삶의 정서와 깊이 연결되어 있는 것으로 보인다. 변화된 상황에 긴밀하게 대응하고, 변화된 상황과의 내적 갈등을 통해서 다양한 시적 전략을 이끌어내기보다는, 그 변화 자체를 거부하고 그 변화된 상황이 가해오는 힘을 주관적 서정의 틀 밖으로 밀어내려는 마음의 움직임은 결국

그러한 재래적인 농촌 공동체의 정서를 자기 동일시의 서정
시적 문법을 통해 고수하게 하는 주요한 심리적 바탕을 이루
고 있다고 할 수 있다. 그것이 대상과의 자기 동일시를 바탕
으로 하고 있다는 점에서 그러한 감정 이입의 정서의 내부에
는 근본적으로 갈등이 존재하지 않는다. 갈등은 그 정서의
밖에 있다.

물론 신경림의 시에 대한 이러한 지적이 보다 설득력 있는
논리력을 갖추기 위해서는 상당한 부분에서 많은 유보와 전
제가 덧붙여져야 할 것이다. 일례로 신경림의 시가 근본적으
로 대상과의 긴장된 마찰보다는 대상과의 정서적 합일에 바
탕을 둔 갈등 없는 주관적 감정 이입의 세계에 바탕을 두고
있다는 지적은 곧바로 그의 시가 가난하고 고통받는 사람들
의 삶과 그러한 삶을 야기시킨 외부 현실과의 첨예한 이분법
적 대립과 갈등을 그 기본 구도로 하고 있다는 사실과 모순
되는 것처럼 보인다. 실상 재래적인 농촌 공동체의 삶에 대
한 정서적 친화감에 바탕을 둔 신경림의 시들이 감당할 수밖
에 없었던 불행은 그의 시들이 씌어진 때가 바로 그 농촌 공
동체적인 삶의 정서가 외부의 파괴적인 힘에 의해 뿌리째 흔
들리고 있던 시기였다는 데 있다. 그러므로 대상과의 정서적
합일을 지향하는 서정성의 언어들은, 자신이 서 있는 자리가
근본적으로 그러한 합일을 가능케 하는 삶의 기반이 끊임없
이 위협받고 있는 상황이라는 자각 위에서 출발할 수밖에 없

다. 『농무』에 실린 대부분의 시들이 좌절과 울분, 체념과 부끄러움의 정서로 이루어져 있다는 것은 그러한 외부 상황에 대한 적대적 인식이 신경림 시의 기본 바탕을 이루고 있음을 잘 보여준다.

> 징이 울린다 막이 내렸다
> 오동나무에 전등이 매어달린 가설 무대
> 구경꾼이 돌아가고 난 텅빈 운동장
> 우리는 분이 얼룩진 얼굴로
> 학교 앞 소줏집에 몰려 술을 마신다
> 답답하고 고달프게 사는 것이 원통하다
> 〔……〕
> 보름달은 밝아 어떤 녀석은
> 꺽정이처럼 울부짖고 또 어떤 녀석은
> 서림이처럼 해해대지만 이까짓
> 산구석에 처박혀 발버둥친들 무엇하랴
> 비료값도 안 나오는 농사 따위야
> 아예 여편네에게나 맡겨두고
> 쇠전을 거쳐 도수장 앞에 와 돌 때
> 우리는 점점 신명이 난다
> 한 다리를 들고 날나리를 불꺼나
> 고갯짓을 하고 어깨를 흔들꺼나   ──「농무」 부분

162

이 시에서 농무의 신명나는 가락을 떠받치고 있는 것은, "답답하고 고달프게 사는 것이 원통하다"라는 울분 어린 정서와 "산구석에 처박혀 발버둥친들 무엇하랴"나 "비료값도 안 나오는 농사 따위야 / 아예 여편네에게나 맡겨두고"와 같은 자조 어린 체념적 어투이다. 신명이 공동체적인 삶의 건강함과 풍요로움이 가능했던 시절의 농민들의 정서를 대변하는 것이라면, 그 건강함과 풍요로움이 사라진 자리에서 신명은 울분과 원통함을 삭이는 자조적이고 체념 어린 가락이되어버린 것이다. "한 다리를 들고 날라리를 불꺼나"에서 사용되고 있는 '~꺼나'와 같은 종결어미 역시 신명나는 가락속에 깃들인 그와 같은 무력한 체념의 정서를 담고 있다고할 수 있다. 이처럼 농촌의 본래적 삶 속에 내재된 신명과 허물어져가는 농촌의 삶에 대한 울분 어린 체념적 정서를 대비시키는 구도는 자연스럽게 '우리'와 '우리 아닌 자들'을 가르는 이분법적 구도와 만나게 된다. 그 '우리'의 테두리 안에서 시인은 가난하고 고통받는 농민들과의 완전한 정서적 일체감을 지향한다. 앞의 시에서 시인이 농촌 현실을 바라보는 것은 '우리'라는 이름으로 묶인 농촌 사람들의 집단화된 정서를 통해서이다. "답답하고 고달프게 사는 것이 원통하다"나 "이까짓 / 산구석에 처박혀 발버둥친들 무엇하랴"라는 구절은 농민들의 집단적인 정서를 자신의 정서와 일치시키는 시인의 감정 이입의 상태를 잘 보여주는 구절들이라고 할 수 있다. 다음의 시도 역시 그런 면에서 예외가 아니다.

> 못난 놈들은 서로 얼굴만 봐도 흥겹다
> 이발소 앞에 서서 참외를 깎고
> 목로에 앉아 막걸리를 들이켜면
> 모두들 한결같이 친구 같은 얼굴들
> 호남의 가뭄 얘기 조합 빛 얘기
> 약장사 기타 소리에 발장단을 치다 보면
> 왜 이렇게 자꾸만 서울이 그리워지나
> 어디를 들어가 섰다라도 벌일까
> 주머니를 털어 색시집에라도 갈까
> 학교 마당에들 모여 소주에 오징어를 찢다
> 어느새 긴 여름해도 저물어
> 고무신 한 켤레 또는 조기 한 마리 들고
> 달이 환한 마찻길을 절뚝이는 파장   ——「罷場」 전문

이 시에는 '우리'라는 표기가 명시적으로 제시되어 있지는 않지만, 이 시의 화자는 분명 '우리'의 한 일원으로서 "모두들 한결같이 친구 같은 얼굴들"을 바라보고 있다. 이 시에서도 시인은 농민들의 정서와 완전히 감정 이입이 된 상태에서 그들의 신명과 애환을 우리라는 주관화된 정서의 틀 속으로

164

풀어내고 있다. "못난 놈들은 서로 얼굴만 봐도 흥"겨운 그 '우리'라는 정서적 유대감의 내부에는 어떠한 분열이나 갈등도 존재하지 않는다. 민중적 삶의 고통에 대한 긴밀한 정서적 일체감은 신경림 시의 감정 이입적 언술 방식을 일관되게 지탱하고 있는 흔들리지 않는 기반이다.

그러나 이러한 감정 이입의 정서적 일체감을 바탕으로 하고 있음에도 불구하고, 신경림의 시들은 대상에 대한 그와 같은 주관적 몰입이 불러올 수 있는 정서의 과잉이나 낭비에 빠지지 않는 탁월한 절제의 힘을 지니고 있다. 이를테면 위의 시에서 시의 결미를 이루는 세 줄의 묘사적 문장은 장이 파한 후, 초라한 모습으로 귀가하는 농민들의 모습과 그 속에 깃들여 있는 스산한 삶의 한 단면을 간결하게 압축된 문장 속에 매우 효과적으로 담아내고 있다. 농민들의 정서를 자기 것으로 받아들이되, 그 주관화된 정서를 절제된 묘사적 언어로 걸러내는 힘은 신경림의 시들이 지니고 있는 커다란 미덕 가운데 하나라고 할 수 있을 것이다.

신경림의 시에서 주관적 정서에로의 몰입을 적절하게 제어하는 또 다른 중요한 요인으로 작용하고 있는 것은 아마도 그의 시가 지닌 어떤 이야기적 요소라고 할 수 있을 것이다. 신경림의 시들이 지니고 있는 이야기적 요소들은 그의 시가 지닌 서정적 요소들과 적절하게 조화를 이루면서 서정적 감정 이입에 의한 주관적 정서의 과잉을 억제하는, 그럼으로써 그러한 서정성의 논리를 보다 견고하게 떠받치는 효과를 발휘하고 있는 것으로 보인다. 서사성과 서정성의 상호 보완적 조화라고 부를 수 있을 그러한 언술적 특성은 이후에 신경림으로 하여금 「새재」나 「남한강」과 같은 서사적 장시를 시도하게 하는 근본 바탕을 이루는 것이기도 하다. 신경림의 시에서 서사적 요소는, 이를테면 "어둠이 내리기 전에 산 1번지에는/통곡이 온다. 모두 함께/죽어버리자고 복어알을 구해 온/어버이는 술이 취해 뉘우치고/애비 없는 애기를 밴 처녀는/산벼랑을 찾아가 몸을 던진다"(「산 1번지」)와 같이, 산동네 사람들의 가난하고 비참한 삶을 보여주는 단편적이면서도 압축된 서사적 단위들로 나타나기도 하고, 1인칭 화자 자신의 체험을 시의 주요한 소재로 취해오는 이야기 시의 형태로 나타나기도 한다.

> 그해의 그 뜨겁던 열기를 나는 잊지
> 못한다. 세거리 개울가에 모여 수군대던
> 농군들을. 소나기가 오던 날
> 그들은 뿔뿔이 흩어져 도망가고
> 도장갈보네 집 마당은 피로 얼룩졌다.
>
> 마침내 장마가 져도 나이 어린 갈보는
> 좀체 신명이 나지 않는 걸까

어느 날 돌연히 읍내로 떠나버려
집 나간 삼촌까지도 영 돌아오지 않았다.
개울물이 불어 우리는 뒷산으로
피난을 가야 했고 장마가 들면
우리는 그 피비린내를 잊지 못한 채
다시 장터로 이사를 한다는 소문이었다.

　　　　　　　　　——「장마 뒤」 부분

　이 시에서 시의 화자는 자신이 겪었던 어느 해 여름의 사
건을 매우 절제되고 담담한 어조로 들려주고 있다. 이 시에
서 두 번 되풀이되고 있는 '잊지 못한다'라는 말 이외에 화자
는 자신이 겪은 그 체험에 대한 자신의 개인적인 느낌을 거
의 드러내지 않는다. 그러나 시의 화자의 그와 같은 절제되
고 담담한 어조는 이 시 전체를 절망적이고 암울한 분위기로
이끌어가는 데 매우 효과적인 힘을 발휘하고 있는 것으로 보
인다. 이러한 담담한 이야기적 서술의 도입은 신경림의 시
에, 이념에 의한 정형화된 틀에 따라 민중의 현실을 바라보
는 시들과는 구분되는, 서정적 침투력이 강한 리얼리티의 세
계를 부여한다. 물론 이러한 이야기적 언술의 도입 역시 '우
리'라는 이름으로 분류되는 집단과의 강한 정서적 유대감의
틀을 벗어나 있는 것은 아니며, 따라서 앞에서 말한 것처럼,
신경림의 시에서 서사성은 궁극적으로 고통받는 민중의 삶

에 대한 주관적 감정 이입이라는 서정시적 문법의 틀 안으로 귀속되는 것이기는 하지만, 그러한 언술을 통해서 드러나는 민중적 삶의 리얼리티는 신경림의 시들을 이념 이전에 보다 생생한 체험적 정서의 영역 속에 살아 있게 한다. 실제로 신경림의 시들은 민중의 삶에 대한 어떤 이념적 도식에 따라 쓰어진 듯한 느낌을 주는 시들보다는 그와 같은 체험적 리얼리티의 정서를 근본 바탕으로 삼고 있는 시들에서 보다 탁월한 미학적 성취를 보여주고 있다고 할 수 있다. 그러한 체험적 리얼리티는 신경림의 시들이 지닌 주관성을 이념화된 목소리만 앞서는 시들이 지닌 인위적이고 선험적인 주관성과 질적으로 구분지어주는 중요한 요소들 가운데 하나라고 할 수 있을 것이다. 그 체험적 리얼리티는 또한 신경림의 시들이 지닌 또 다른 미덕과도 긴밀한 연관을 맺고 있는 것으로 보인다. 신경림의 시 역시 '우리'와 '그들'이라는 이념적 편 가르기의 구도에 그 바탕을 두고 있는 것이기는 하지만, 그의 시는 그 이분화된 구도의 내부에 작은, 그러나 신경림의 시에 어떤 진정성의 무게를 부여하는 데 매우 중요한 역할을 하는 듯이 보이는 '나'라는 또 하나의 공간을 마련해놓고 있다.

신경림의 시에서 '나'의 공간은 '우리'의 공간 내부에 있는 하나의 균열과도 같은 공간이다. 그 균열된 공간은 우리와의 정서적 일체감을 지향하지만, 그 일체감이 우리를 파괴하는

세력에 대한 분노와 저항의 힘으로 전화되어야 할 지점에서
끊임없이 주저하고 망설이는 시인 자신의 두려움과 부끄러
움을 담고 있는 공간이다.

    그들의 함성을 듣는다
    울부짖음을 듣는다
    피맺힌 손톱으로
    벽을 긁는 소리를 듣는다
    [······]
    쓰러지고 엎어지는 소리를
    듣는다 그 죽음을 덮는
    무력한 사내들의 한숨
    그 위에 쏟아지는 성난
    채찍소리를 듣는다
    노랫소리를 듣는다   ──「前夜」 부분

　이 시에서 "그들의 함성을 듣는" 시의 화자는 '그들' 밖에
있다. 그 듣는 행위는 '그들'과 화자를 하나의 정서적 유대감
으로 이어주는 통로이면서, 동시에 화자와 그들 사이에 놓여
있는 거리를 드러내주는 행위이기도 하다. 이 시에서 화자의
정서는 그들의 분노와 피맺힌 저항의 함성보다는 오히려 "무
력한 사내들의 한숨"에 속해 있는 것으로 보인다. '그들'의

분노와 저항 속에 '우리'의 한 일원으로 끼여들 수 없는 화자의 무력감은 신경림의 초기 시에서 자주 나타나는 두려움이나 비겁함에 대한 부끄러운 자의식으로 이어진다. 시인이 "친구여 나는 무엇이 이렇게 두려운가/답답해서 아이놈을 깨워 오줌을 누이고/기껏 페르 라셰즈 묘지의 마지막 총소리를/생각했다 허망한 그 최초의 정적을"(「어둠 속에서」)라고 말하거나, "누군가 나를 지켜보고 있다/새파랗게 얼어붙은 비탈진 골목길/비겁하지 않으리라 주먹을 쥐는/내 등뒤에서 나를 비웃고 있다/〔……〕/골목을 쓰는 바람소리에 몸을 떠는/내 등뒤에서 나를 꾸짖고 있다"(「누군가」)라고 말하거나, 혹은

　　살아 있는 것이 부끄러워
　　내 모습은 초췌해간다

　　〔……〕

　　저 맵찬 바람소리에도
　　독기 어린 수군댐에도
　　나는 귀를 막았다　　　　　　　　——「대목장」 부분

라고 말할 때, 시인은 두려움으로 떠는 비겁한 자신에 대한

170

부끄러운 자의식을 통해서, 완전한 '우리'가 될 수 없는, 그들과 나 사이에 놓인 현실의 거리를 고통스럽게 드러낸다. 이러한 부끄러운 자의식은 곧 시인 자신의 소시민적인 삶의 기반에 대한 자각에 다름아닌 것일 터인데, 신경림의 시가 지닌 미덕은 아마도 자신의 이러한 소시민적 삶의 기반에 대한 자각을 이념화된 이분법적 인식의 구도 속으로 소멸시켜버리는 것이 아니라, 부정적인 현실에 대한 진지한 자기 반성적 인식의 한 계기로 이끌어들임으로써, 그와 같은 이분화된 이념적 구도의 내부에 어떤 체험적 정서의 소통 공간을 마련해놓고 있다는 점에 있을 것이다. 다시 말해 신경림의 시는 이분화된 이념적 구도에 보다 내면화된 체험적 리얼리티의 공간을 부여하는 이러한 자기 반성적 언술들을 통해서 보다 폭넓은 정서적 공감을 이끌어낼 수 있는 진정성의 무게를 지니게 되는 것이다.

이념화된 인식의 틀을 견지하면서도, 그 이념화된 인식의 틀에 갇혀서 체험적 삶의 리얼리티를 추상화해버리지 않으려는 노력은 신경림의 시세계에서 한동안 의욕적인 시도로 나타났던 민요조 가락의 수용에서도 엿볼 수 있다. 민요는 "민중의 삶과 생활 속에서 살아가는 가운데 자연 발생적으로 생겨난 노래"라는 시인 자신의 말처럼, 농촌의 공동체적인 삶의 정서를 바탕으로 민중의 체험적 삶의 애환을 집단화된 노래의 형태로 육화시킨 것이라는 점에서 추상화된 이념적 틀로는 끌어안을 수 없는 민중적 삶의 보다 생생한 숨결을 지니고 있다고 할 수 있을 것이다. 시인은 자신이 민요에 관심을 갖게 된 이유에 대해서 "첫째는 내 시가 또 한번 껍질을 벗기 위해서는 민요에서 그 가락을 배워와야 하고 또 참다운 민중시라면 민중의 생활과 감정, 한의 괴로움을 가장 직정적이고도 폭넓게 표현한 민요를 외면할 수 없다는 매우 의도적이요 실용적인 동기에서였으나, 민요가 보여주는 민중의 참 삶의 모습, 민중의 원한과 분노, 지배 계층에 대한 비판과 풍자는 원래의 동기와는 관계없이 차츰 나를 깊숙이 민요 속으로 잡아끌었다"고 말하고 있다. 이러한 민요에 대한 '의도적이요 실용적인' 관심에 의해 씌어진 대표적인 시 가운데 하나가 바로 「목계장터」일 것이다.

하늘은 날더러 구름이 되라 하고
땅은 날더러 바람이 되라 하네
청룡흑룡 흩어져 비 개인 나루
잡초가 일깨우는 잔바람이 되라네
뱃길이나 서울 사흘 목계 나루에
아흐레 나흘 찾아 박가분 파는
가을볕도 서러운 방물장수 되라네
산은 날더러 들꽃이 되라 하고
강은 날더러 잔돌이 되라 하네

산서리 맵차거든 풀속에 얼굴 묻고
물여울 모질거든 바위 뒤에 붙으라네
민물 새우 끓어넘는 토방 툇마루
석삼년에 한 이레쯤 천치로 변해
짐부리고 앉아 쉬는 떠돌이가 되라네
하늘은 날더러 바람이 되라 하고
산은 날더러 잔돌이 되라 하네   ──「목계장터」전문

　이 시는 민요조 가락을 빌려 밑바닥 삶을 정처 없이 떠돌
면서 울분과 분노를 서러운 좌절과 체념의 언어로 삭일 수밖
에 없는 무기력한 사람들의 정서를 노래하고 있는 듯하다.
여기에서 이 시의 전문을 인용한 것은 신경림의 시에서 민요
조 가락이 어떤 형태로 차용되어오고 있는가를 살피기 위해
서이다. 이 시는 기본적으로 3·4조 내지는 4·4조의 리듬을
바탕으로, "하늘은 날더러……/땅은 날더러……"라는 구
절이 조금씩 변형되어 반복되면서 후렴구처럼 따라붙는 서
술 형태를 취하고 있다. 아마도 이것은 민요가 대개 하나의
기본 가락이 규칙적으로 반복되면서 매기고 받는 형태로 이
루어져 있다는 점과 밀접한 관련이 있을 텐데, 비단 민요조
가락의 차용이 두드러진 시들에서뿐만 아니라, 하나의 언술
단위를 조금씩 변형시키면서 규칙적으로 반복해나가는 수법
은 신경림 시의 매우 두드러진 시작 방법 가운데 하나라고

할 수 있다. 이를테면 「가난한 사랑 노래」와 같은 시에서는 "가난하다고 해서 외로움을 모르겠는가" "가난하다고 해서 두려움이 없겠는가" "가난하다고 해서 그리움을 버렸겠는가" "가난하다고 해서 사랑을 모르겠는가"라는 구절들이 규칙적으로 반복되면서 시의 전체적인 흐름을 이끌고 있으며, 「오월은 내게」와 같은 시에서는 "오월은 내게 사랑을 알게 했고" "다시 오월은 내게 두려움을 가르쳤다" "마침내 오월에 나는 증오를 배웠다" "오월은 내게 갈 길을 알게 했다"라는 구절들이 규칙적인 반복의 리듬을 이루면서 시의 의미를 점층적으로 강조해나가는 언술 형태를 보여주고 있다. 아마도 이것은 전통적인 서정시의 문법에 기대어 있는 신경림의 시들이 민요조의 가락을 보다 본격적으로 차용해오기 이전에 이미 민요조 가락과 같은 유형의 규칙적인 율격에 대한 감각을 지니고 있었음을 말해주는 것이라고 할 수 있을 것이다. 그러므로 신경림의 시와 민요조 가락의 만남은, 시인 자신은 "의도적이고 실용적인 동기"에서라고 말하고 있지만, 신경림의 시작 과정의 매우 자연스러운 귀결이라고도 말할 수 있을 것이다.

신경림의 시에서 민요조 가락이 지닌 민중적 삶의 한과 신명이 그의 시가 지닌 또 다른 특징인 서사적 언술 형태와 어우러져 씌어진 가장 대표적인 시적 성과는 「새재」나 「남한강」 「쇠무지벌」과 같은 서사시 형태의 장시들일 것이다. 이미 앞에서도 잠깐 언급한 바와 같이, 이들 장시들은 서정적 요소와 서사적 요소가 길항적인 관계로 삼투하면서 일제 점령기에서 해방기에 이르는 기간 동안의 민중들이 겪은 고난의 역사를 통시적으로 훑어나가는 내용으로 이루어져 있다. 이들 각각의 시들은 서로 내용상의 연관을 지닌 연작의 형태를 취하고 있는데, 「새재」가 구한말에서 일제 점령 초기의 시대적 상황을 배경으로 돌배라는 인물의 행적을 쫓아가는 형태를 취하고 있다면, 「남한강」은 돌배의 애인인 연이를 작품의 중심 인물로 설정하여 일제 강점기하의 민중들의 삶을 그리고 있다. 그에 비해 「쇠무지벌」은 특정한 주인공을 내세우는 대신 민중들의 집단화된 목소리를 통해서 해방 이후의 혼란스런 시대상의 한 편린을 그려내고 있다. 그러나 이들 각각의 장시들은 시대적 상황의 변화를 따라 그 내용상의 일관된 흐름을 견지해나가면서도, 기법적인 측면에서 시인의 치밀한 계산을 느끼게 하는 어떤 변별성을 보여주고 있다. 이 연작 장시의 첫 작품인 「새재」는 돌배라는 주인공의 행적을 뒤쫓는 과정을 통해서 '빼앗은 자'에 대한 돌배의 분노와 원한을 매우 단선적이고 직설적인 형태로 드러내고 있다. 자신의 삶을 둘러싸고 있는 상황에 대한 막연한 불만에 사로잡혀 있던 돌배가 마침내 지주의 집을 습격하고 의병에 가담하게 되는 것 또한 뚜렷한 서사적 계기 없이 다음과 같이 첨예하게 이분화된 직정(直情)의 논리에 의해 이루어지고 있다.

벼랑에 걸린 달을 보고
그렇다 우리는 깨닫는다.
이 기름진 땅
강가의 모든 들판은
우리 것이다.
저 맑은 하늘도 별빛도
우리 것이다.
꽃도 새도 풀벌레 그 한 마리도
우리 것이다.

빼앗은 자
우리에게서 이것을 빼앗는 자
누구인가, 가자.
나는 삿대를 빼어들고
모질이는 곡괭이를 메었다. (21)[1]

이 시가 시종일관 '빼앗긴 자'와 '빼앗는 자'라는 이분법적 감정 논리에 바탕을 두고 있는 돌배의 단선적인 분노의 목소리에만 의존하고 있다는 것은 이 시가 지닌 중대한 미학적

---

1) 이하 괄호 안의 숫자는 신경림, 『남한강』, 창작과비평사, 1987의 인용 면수를 가리킨다.

결함이라고 할 수 있다. 작품 중간중간에 '빼앗는 자'에 대한 돌배의 분노를 표현하기 위해서 삽입되는 "백옥 같은 흰 살 결/삼단 같은 머리채의/큰애기씨 나는 싫네"라는 구절 또 한 돌배의 분노가 자신이 처한 상황에 대한 이성적인 논리화 이전에 단선적인 감정 논리에 바탕을 둔 것임을 말해준다. 이 작품은 일제를 등에 업은 지배 계급의 계략에 의해서 돌 배와 함께 싸웠던 의병들 사이에 심리적 동요가 일어나게 되 고, 그 동요하는 의병들에게 끝까지 싸울 것을 독려하던 돌 배가 마침내 관병에게 붙들려 처형을 당하는 것으로 끝난다. "가난만이 오직 우리들이 가진 것,/나라란 그들만의 일 그 들만의 것"(35)에서처럼 '우리'와 '그들'을 두 극단으로 밀어 놓고, '그들'에 대한 배타적인 분노와 울분의 정서를 돌배라 는 단 하나의 목소리에 실어보내는 이 시에서 우리가 느끼게 되는 것은, 이 시를 지배하고 있는 그 단 하나의 관점, 단 하 나의 목소리 속에 내재된 어떤 억압성이다. 그와 같은 독점 적 언술이 지닌 억압성은 이 작품의 전체적인 서술이 거의 어조의 변화가 없는 매우 단조롭고도 단일한 톤으로 이루어 져 있다는 점과도 무관하지 않을 것이다. 결국 이 작품이 시 종일관 돌배라는 인물의 단선적인 분노의 논리 속에 갇혀 있 다는 것은 곧바로 이 작품이 지닌 미학적 성과의 빈약함을 초래하는 중요한 요인이라고 할 수 있다.

「남한강」과 「쇠무지벌」은 「새재」가 지닌 이러한 독점적 언술의 한계를 벗어나려는 시인 나름의 반성적 노력이 좀더 유연하고 다각적인 언술 방식에 대한 시도로 나타나고 있는 작품들이라고 할 수 있다. 「남한강」은 「새재」에서 돌배의 연인으로 등장했던, 그러나 돌배의 일방적인 목소리에 의해 작품의 배면에 가려져 있던 연이를 전면으로 내세우면서, 억압적 현실에 대한 민중의 분노와 울분보다는 그러한 현실 속에서도 삶의 원초적인 신명을 지켜나가는 민중의 분출하는 생명의 힘 쪽으로 시인의 관심의 방향이 옮겨가고 있음을 보여준다. 그러한 관심의 방향은 연이라는 인물의 성격 자체에서도 뚜렷하게 드러나는데, 처음에 돌배의 억울한 죽음에 대한 분노와 복수에의 일념에 사로잡혀 있는 듯이 보이던 연이의 모습이 점차 수완 좋고 거침없는 장사꾼, 혹은 돌배에 대한 변함없는 사랑에도 불구하고 다른 남자에 대한 애욕에 사로잡혀 괴로워하는 모습으로 변모하면서, 민중에 대한 추상화된 단선적 시각을 뛰어넘는 보다 다각적인 삶의 리얼리티를 얻게 되는 것이다. 이 작품에서 민중의 삶 속에 내재한 원초적인 관능의 세계를 민요조의 거침없는 신명의 어조로 풀어내고 있는 것 역시 민중적 삶의 구체성을 표현하는 데 중요한 역할을 하고 있는 것으로 보인다.

산다는 일은 즐거운 일
사랑한다는 것은 더욱 즐거운 일.

넘어오소 넘어오소 문지방 성큼 넘어오소
넘어오소 넘어오소 뱃전 훌쩍 넘어오소
구리돈 한닢이면 손목이나 슬쩍 잡고
은돈 한닢이면 청치마 넌즛 여소
옥양목 속적삼은 첫물이 제일이고
큰애기 감칠맛은 끝물이 제맛이라 (86)

이처럼 「남한강」은 삶에 대한 신명과 관능적 욕망으로 충
만한 표현들이 어우러져 「새재」에서는 찾아볼 수 없는 활기
있고 기름진 언술의 세계를 일구어내고 있다. 아마도 이 시
에서 시인은 일제 치하의 불행한 현실 속에서도 끊임없이 역
동하는 민중의 건강한 생명력과 신명의 정서를 통해 그와 같
은 불행한 역사적 현실에 맞설 수 있는 어떤 궁극의 힘을 찾
고 있는 듯하다. 그러나 이러한 신명나는 민요조 가락의 내
부에 시인은 일제에 의해 쏟아져 들어오는 근대화된 물품들
이나, 돈을 쫓는 개화꾼들의 모습, 혹은 민중이 지닌 원초적
인 관능에의 욕구가 돈에 의해 매매되는 현실을 무심한 듯
끼워넣음으로써 전통적인 농경 사회적 삶의 양식이 일제에
의해 변화되고 파괴되어가는 모습을 보여주고 있다. 이 작품
에서 특징적인 것은 그러한 변화된 삶의 현실에 대한 표현이
그에 대한 특정 화자의 부정적이거나 배타적인 가치 판단의

틀 속에서 이루어지는 것이 아니라, 긍·부정의 이분화된 가치 판단을 뛰어넘는 보다 객관화된 서사 논리의 틀 속에 녹아들어 있다는 점이다. 그러한 객관화된 서사 논리는 역사적 현실의 모든 부정적인 힘과 긍정적인 힘을 함께 쓸어안고 흘러가는 집단화된 민중적 삶의 도도한 흐름을 그려나가려는 이 작품의 기본적인 서술 의도와 긴밀한 연관을 맺고 있는 듯이 보인다. 처음에 이 작품의 중심 인물로 등장하던 연이 또한 작품의 후반부에 이르면서 이러한 집단화된 민중적 삶의 도도한 흐름 속에 파묻혀버리고 만다. 이 작품에서 그 집단화된 삶의 도도한 흐름을 안에서 떠받치고 있는 것은 민중의 원초적 신명이고, 그 신명을 실어나르는 매개가 바로 민요조의 가락이다.

들기름 등잔 들어가라
솔표 석유가 예 나간다
깨엿 콩엿 들어가라
요깡에 알사탕 나가신다
담뱃대도 내버려라
하도 궐련이 여기 있다

떼이루 떼이루 떼이루얏다
왜놈의 물건 달기도 하고

조선의 여자 맵기도 하다
　떼이루 떼이루 떼이루얏다
　백두산 호랑이 어디를 갔나
　팔도강산이라 곳곳에 왜놈 (74)

　인용된 구절에서처럼, 이 시에서 농촌 공동체적 삶에 바탕
을 둔 민중의 원초적 생명력을 파괴하는 현실의 모든 부정적
인 힘을 감싸고 있는 것은 바로 그 신명의 가락이다. 이처럼
파괴되고 훼손되어가는 현실의 부정적인 변화의 양상들을
신명의 가락으로 담아내는 시인의 의도는 그와 같은 부정적
인 힘들이, 마치 강물 위에 떠가는 파편 조각들처럼 종내에
는 민중적 생명력의 흐름 속에 휩쓸려버리고 말 것이라는 믿
음과 맞물려 있는 것으로 보인다. 그러한 믿음을 잘 보여주
는 것이 바로 이 작품의 결말 부분을 이루는 줄다리기의 장
면이다. 동네 사람들이 모두 쏟아져나와 혼연 일체의 힘으로
줄다리기를 하는 장면에서 드러나는 역동적인 힘은 "산에 강
에 들에 / 능선에 저 하늘에 / 내뻗치고 솟구치는 힘. / 가득
차서 넘치는 정기. / 누가 이들을 힘없는 백성이라 비웃는가"
(118)라는 구절에 이어, "두껍게 얼어붙은 얼음 아래 / 그래
도 한강물은 흐르는구나"(120)라는 마지막 구절로 귀결되면
서 시인이 이 작품에서 보여주고자 한 민중적 힘의 실체가
무엇이었는지를 보다 분명하게 드러내준다.

「쇠무지벌」역시 해방 이후 지주에게 빼앗긴 땅을 되찾으려는 마을 사람들의 싸움을 통해서 해방 이전과 이후의 조금도 변화되지 않은 억압적 현실에 대한 되풀이되는 절망과, 그럼에도 불구하고 그 속에서 희망에의 투지를 포기하지 않는 민중들의 힘에 대한 믿음을 시의 기본 바탕으로 하고 있다. 그러나 이 작품에서 시인은 그러한 작가적 신념을 관철시키는 방법으로서 다성화된 언술의 교직이라는 특징적인 방식을 빌려오고 있다. 「새재」에서 「남한강」「쇠무지벌」로 이어지는 서사적 장시들의 흐름 속에서 이러한 다성화된 집단적 목소리들이 어우러져 하나의 서사적 세계를 일구어내는 방식은 「새재」의 단성적 언술 형태로부터 「남한강」의 적극적인 민요 가락의 차용 단계를 거쳐 「쇠무지벌」에 이르러 보다 다양하면서도 종합적인 언술의 차원으로 나아가고 있음을 보여준다. 이 작품에서 나타나는 집단화된 민중들은 "우리네야 똑같은 조선사람 / 흰옷 입고 노래 춤 좋아하는 / 못나고 순한 조선사람"(133)이나, "세상은 사는 것, 이렇게도 저렇게도 / 사는 것, / 남정네 없으면 빗자루라도 안고 자지. / 일 잘하는 아낙네들. 너름새 좋은 아낙네들, / 두레삼판 절로 넉살판 되는구나"(130) "주는 거야 먹고 취하면야 춤추지 / 그러나 우리한테도 깊은 속은 있다네. / 빼앗긴 만큼은 빼앗고, 짓밟힌 만큼은 짓밟고"(134) 등의 구절들에서 나타나는 것처럼, 노래와 춤을 좋아하는 순하고 낙천적이면서 굴종적인 면과 거침없이 분출되어나오는 저항적인 면 등을 동시에 지니고 있는 보다 다면화된 모습으로 그려진다. 이 시의 다성적인 언술 형태는 이 시가 민중을 투쟁적 모습으로만 부각시키려는 단일한 이념적 틀을 벗어나 보다 탄력적이면서 복합적인 모습으로 그리려 하고 있다는 점과 깊은 관련이 있다. 물론 이 작품이 지닌 그러한 탄력성 역시 작품의 말미에 이르러 지배 계급과 피지배 계급의 대립이라는 예정된 이분법의 논리 속으로 귀결되고 있기는 하지만, 그러한 이념적 틀을 민중들의 삶에 결정화된 형태로 들씌우지 않으려는 시인의 노력은 이 시가 지닌 주요한 미덕 가운데 하나라고 할 수 있다.

이들 서사적 장시들에서 주요한 언술 기법의 하나를 이루고 있는 민요조 가락의 차용은 이들 시에 이념적 틀에 갇힌 경직된 현실 인식의 차원을 넘어서는 어떤 활기를 불어넣고 있다. 그것은 "민요 부흥 운동은 다른 문화 운동과 함께 바로 이 민족적 동질성의 회복이라는 점에서 큰 몫을 해야 할 것입니다"[2]라는 시인 자신의 말처럼, '우리'와 '그들'이라는 단선적인 대립의 틀을 유지하면서도 그것을 넘어서는 어떤 공동체적인 삶의 동질성을 현대적 삶 속에 되찾아오려는 노력을 그 바탕에 깔고 있는 것이다. 신경림이 루카치에 의해

---

2) 신경림, 「왜 민요 운동이 필요한가」, 『한밤중에 눈을 뜨면』, 나남, 1987, p. 225.

삶의 총체성이 가능했던 근대 이전의 서사 양식으로 규정된 서사시를 하나의 시적 양식으로 실험하고 있는 것도 결국은 그러한 공동체적인 삶의 회복이라는 명제와 긴밀하게 연관되어 있는 것이라고 할 수 있다. 신경림의 시적 언술의 주요한 특성을 이루고 있는 전통적 서정시의 문법과 서사시적 양식의 도입이 모두 근대 이전의 공동체적인 삶 속에서 가능했던 언술 형태라는 점도 신경림의 시가 단순히 자본주의 사회의 가진 자와 못 가진 자의 이념화된 대립 구도만이 아니라, 그러한 대립 구도를 발생시킨 근대적 삶의 양식으로의 변화 그 자체를 거부하는 자리에 서 있음을 말해주는 것이다. 신경림의 시에서 그러한 변화에의 거부는 어떤 이성적인 논리 이전에 그의 시의 내부에 하나의 완강한 체질적 정서로 자리 잡고 있는 듯하다. 아마도 신경림의 시가 시종일관 전통적 서정시가 지닌 감정 이입의 논리로부터 거의 벗어나지 않고 있다는 것, 그의 시가 그런 면에서 거의 변화되지 않는 시세계를 보여주고 있다는 것은 이런 점에서 어쩌면 당연한 일일는지도 모른다.

그러나 현대는 분명 민요 가락이나 서사시적인 문학의 양식이 삶의 기반으로부터 '자연 발생적으로' 솟아나올 수 있는 시대는 아니다. 민중이라는 말 자체가 관념화된 이념적 태도에 의해 구성된 개념인 것처럼, 현대에 있어 민요 가락이나 서사시적인 문학 양식의 차용 또한 궁극적으로는 관념화된 욕망의 논리에 의해 인위적으로 구성된 언술 형태를 취할 수밖에 없는 것이다. 다시 말해서 그러한 개념이나 언술 형태 자체는 어떤 실체의 논리가 아니라, 그 실체가 부재하는 세계 속에서 그 실체를 관념적으로 재구성하려는 욕망의 논리에 근거해 있는 것이다(신경림의 시들이 세 편의 장시 이후에 민요조 가락의 차용을 보다 풍성하고도 역동적인 시적 성과로 발전시키지 못하고, 다분히 산문적이고 평면적인 언술 형태에 안주해버리고 마는 듯한 인상을 주는 것도 그와 무관하지 않을 듯싶다. 신경림의 시에서 민요조 가락의 차용이 그 가락 속에 실린 내면화된 체험적 정서를 시의 언어로 풍부하게 육체화하는 단계에 이르기 전에, 일시적인 실험으로 끝나버리고 마는 것은 민요조 가락 속에 누적되어 있는 공동체적인 삶의 체험적 정서를 관념적으로 재구성하는 욕망의 논리가 결국은 변화하는 현실의 논리와의 사이에 놓인 괴리를 뛰어넘지 못한 결과일 것이다). 거기에는 필연적으로 인위적인 힘이 개입될 수밖에 없고, 그 인위적인 힘이 그와 같은 욕망을 둘러싸고 있는 변화하는 상황의 논리에 대한 인식을 바탕으로 한 끊임없는 자기 검증의 과정을 외면해버릴 때, 욕망 그 자체는 그 변화된 상황의 흐름 속에 관념성의 세계로 남게 되어 필경은 자신을 둘러싸고 있는 상황에 대한 실질적인 대응력을 상실해버리고 말 것이다. 이 지점에서 신경림의 시세계가 거의 변화를 보이지 않고 있는 점이 그의 시의 힘이기도 하고 한계이기도 하다는 앞에서의 지적을 다시 한번 상기할 필요가 있다. 신경림의 시에서 민족 동질성의 회복이라는 명제에 바탕을 둔 일련의 언술적 특성들은 그 자체로서 고립되고 파편화된 근대적 삶의 양식에 대응하는 중요한 문학적 전략의 의미를 지닐 수 있다. 그러나 그의 시들은 그러한 문학적 전략을 변화하는 삶의 양식에 대한 긴장과 갈등의 논리로 이끌기보다는, 그 자체로서 자족적인 위안의 논리로 한정시켜버리는 측면이 더 강한 것 같다. 다시 말해서 근대적 삶의 양식에 대한 배타적인 정서 속에서 행해지는 공동체적인 삶의 양식에 대한 감정 이입의 논리가 그 자체로서 충족되고 고립된 세계 속에 갇혀버릴 때, 거기에는 정서적 위안만이 남고, 외부 현실과의 갈등은 그 충족되고 고립된 정서적 위안의 세계 밖으로 밀려나버리고 말 것이기 때문이다. 물론 그 충족된 감정 이입의 세계는 근본적으로 감정 이입이 가능한 세계와 불가능한 세계 사이에 놓인 근본적인 갈등 구조에 그 바탕을 두고 있다. 그러나 그 세계 속에서 현실적인 갈등은 그 대립의 구조를 정형화되고 관념화된 차원에 놓아둠으로써 계속 유보될 뿐이다. 선택해야 할 대상과 거부해야 할 대상이 너무나 분명한 구도 속에서 행해지는 갈등은 이제 더 이상 갈등이 아닌 것이다. 남아 있는 것은 그 사이에서의 갈등이 아니라, 그 갈등을 넘어서는 결단과 투지인 것이다.

『농무』를 중심으로 한 초기의 시들에서 훼손되어가는 농촌의 삶 속에 깃들여 있는 울분과 분노, 좌절과 체념의 정서를 내면화된 언어로 그려내던 신경림의 시들은 80년대를 지배했던 이분화된 이념적 구도의 압력을 보다 뚜렷하게 의식하기 시작하면서 어떤 정형화된 대립의 틀 속에 점차 스스로를 가두어버리는 듯한 경향을 보여준다. 신경림의 시들 가운데서 더러 이른바 민중시 특유의 관성화된 언술 형태에 안주해버리는 듯한 시들이 섞여 있는 것도 그와 무관하지 않을 것이다. 이념이 이념에 대해서 반성하지 않을 때, 언술이 언술에 대해서 반성하지 않을 때, 그것은 변화하는 현실에 대한 탄력적 대응력을 잃고, 스스로 박물관의 어둠 속에 갇혀버릴지도 모른다. 이제 변화하는 현실은 서정적 감정 이입의 틀 밖으로 밀어낼 대상이 아니라, 그 속에서 정면으로 부딪쳐야 할 대상이 되어가고 있다. 중요한 것은 기존의 이념을 배타적으로 고수하거나, 그 이념의 상실을 안타까워하는 것이 아니라, 변화하는 현실에 맞게 그 이념적 전략을 변화시켜나가는 것일 것이다. 그런 의미에서 지금 더욱 필요한 것은 '우리'와 '그들' 사이의 완강한 대립의 논리보다는 '나'의 반성적 인식의 공간일는지도 모른다. 그 '나'의 공간으로부터 시작된 의식의 반성적 균열이 다른 '나'의 균열과 만나 그 균열의 소통 공간을 조금씩 넓혀나가는 것, 그것이 바로 이 시대의 '쓰러진 자의 꿈'이 아니겠는가?

온전한 서정시를 꿈꾸는 세계
──안도현의 『서울로 가는 전봉준』

　안도현의 『서울로 가는 전봉준』을 다시 읽는 동안 나의 의
식은 지나간 20대, 문학에 대한 열정을 붙안고 앙앙불락하던
한 시절의 추억에 붙박여 있었다. 어둡고 막막했지만, 미래
에 대한 알 수 없는 설렘이 가슴 한켠에 불밝혀져 있던 시절,
그 불확실하고 가느다란 한줄기 희망으로 통과해냈던 젊음
의 한때가 묵은 먼지를 뒤집어쓴 채로 그 희미한 형상을 드
러내는 듯한 느낌. 다락방에 쌓인 온갖 잡동사니들 틈에서
찾아낸 오래 전의 낡은 시작 노트, 그 누렇게 바랜 종이 위에
희미하게 번진 잉크 자국을 들여다볼 때의 형언할 수 없는
아득한 느낌. 『서울로 가는 전봉준』에 실린 시들은 나에게
그렇게 아련하고 정다운, 그러나 어쩔 수 없이 지나간 시간
의 돌이킬 수 없음이 불러일으키는 마음 한켠의 쓸쓸한 느낌
으로 다가온다.

『서울로 가는……』에 실린 시들이 우리에게 전해주는 것은 20대의 청년기를 통과해나가는 시인의 풋풋하고 건강한 삶의 언어들이다. 삶과 인간에 대한 순정하고 균열 없는 믿음, 미래에 대한 설레는 기대, 순간순간 시인을 사로잡는, 절망의 몸짓조차도 젊음의 낭만적 열정으로 끌어안아주던 충만한 그리움의 시간들. 특히 이 시집에서 시인의 마음속에 출렁거리는, 그러나 그 대상이 분명치 않은 막연한 그리움은 안도현의 시들을 떠받치고 있는 중심적인 정서 가운데 하나이다. 다시 말해 그 그리움은 어떤 뚜렷한 대상을 향해 있는 것이라기보다는 다분히 선험적인 것이라고 할 수 있는데, 그 그리움이 감상적인 서정에 떨어져버리지 않는 것은 안도현의 시들이 지니고 있는 삶과 인간에 대한 순정하고 건강한 믿음 때문이라고 할 수 있을 것이다. 기본적으로 안도현의 시들은 전통적인 서정시의 맥락 안에 포함되는 정서적 특징들을 지니고 있다. 대상과의 정서적 일체감, 균열 없는 자의식, 개인과 세계 사이의 통합된 삶의 양식에 대한 깊은 내면적 친화감, 대상에 대한 논리적 대응보다는 심정적인 감응에 바탕을 둔 현실 인식, 이러한 특징들 때문에 어떤 논리적인 잣대를 들이대어 안도현의 시들을 분석하는 것은 그의 시를 읽는 그리 생산적인 방법이 아닌 것처럼 여겨지기도 한다. 그냥 마음으로 읽고 마음으로 감응하면 족한 시들, 그것이 바로 안도현의 시들이 아닐까?

시인이 20대에 치러낸 순정한 젊음의 기록인 『서울로 가는……』에서 시인의 시적 상상력은 삶의 어떤 원형질, 그 훼손되지 않은 삶의 뿌리로 돌아가려는 귀환적 정서와 긴밀하게 연결되어 있는 것으로 보인다. 그것은 고향이라는 이름으로, 혹은 나에서 아버지, 할아버지로 이어지는 가부장적 질서에 대한 강한 친화적 정서로, 혹은 조선이라는 이름으로 표상되는 민족적 원형의 복원을 향한 간절한 소망으로 나타난다. 이를테면 "오래도록 서 있으면 고향이 보인다／해와 달 향하여 이 땅에 처음 울며 눈뜬 뒤／오늘은 다시 예감의 푸른 속눈썹 반짝이는／우리 서럽고 팔팔한 스물두 살이 보인다"(「초소에서」)나, "강물은 안다 할말을 모래톱에 새겨두고／간다 우리가 저렇게 유유히／조선 사내로 불알 흔들며 갈 때／울음 뚝 그치고 돌아오는 길을 보자／삼천리 모든 길들이 우리 몸"(「가자」)이나, "저 가랑잎 같은 새떼들과 함께 우리／부여로, 살면서 흘린 눈물 등뒤에 묻고／그 옛날을 적시던 누구의 눈물 찾으러 가리／그 옛날에 내리던 눈 맞으며 가리"(「부여기행」)나,

저물녘 나는 낙동강에 나가
보았다, 흰 옷자락 할아버지의 뒷모습을
오래오래 정든 하늘과 물소리도 따라가고 있었다.

190

〔……〕

아아 나는 아버지가 모랫벌에 찍어놓은
발자국이었다, 홀로 서서 생각했을 때
내 눈물 웅얼웅얼 모두 모여 흐르는
낙동강   ——「낙동강」부분

와 같은 시들에서 우리는 시인이 자신의 시적 상상력의 닻을
내리고 있는 세계가 시인이 상상 속에서 꿈꾸는 과거의, 통
합적이고 총체적인 삶이 가능했던 세계라는 생각을 갖게 된
다. 안도현의 시에서 사라진 세계를 향한 회귀적 정서, 혹은
대상에 대한 통합적인 감정 이입의 정서는 어떤 의지의 차원
을 넘어 시인이 이 세계를 받아들이는 거의 체질적인 정서에
속하는 것으로 보인다. 그것은 어떠한 자의식도 끼여들 여지
가 없는, 그 자체로 결정화되어 있는 자족적인 정서라고 할
수 있다. 어떤 의미에서 안도현의 시들이 지니고 있는 삶에
대한 순정하고 건강한 믿음은 시인의 현실 인식의 기본 바탕
을 이루고 있는 이러한 체질화된 통합적 상상력에서 솟아나
오는 것이라고 할 수 있다. 물론 그의 시에서도 시인을 둘러
싸고 있는 현실은 시인에게 고통을 강요하는 부정적인 모습
으로 다가오지만, 통합의 상태를 지향하는 시인의 정서는 부
정적인 현실이 주는 긴장과 마찰을 견디는 쪽보다는 그 현실

을 자신의 순정하고 자족적인 의식의 내부로 끌어들여 그 통합적인 상상력의 힘으로 현실로부터의 긴장 갈등을 감싸안아버리는 쪽으로 나아간다. 이를테면 「사월」이라는 시에서 "보고 싶은 형, 웬일인지 죽고 싶었어 웬일인지 / 때로 저 아지랑이 속으로 뛰어들면 죽을 수 있을 거라고 / 생각했어 내 기억의 어두운 상자를 열어볼 때마다 / 햇빛을 피해 기어든 이상한 곤충들이 우글거렸어"라는 고통스러운 내면의 고백은 "구름 위에서 나는 내려다보았어 한 평 풀밭이 / 광야가 되고 마을이 국가가 되고 비로소 / 사월의 강이 큰 바다가 되는 것을, 지상의 / 개나리꽃들은 울타리가 험해서 더욱 노랗게 피어났고"라는, 희망적인 전언을 담고 있는 구절로 이어지고 있다. 이것은 안도현의 시적 정서가 근본적으로 지속적인 분열의 상태, 혹은 대립적 긴장의 상태를 오래 참아내지 못하는 특성을 지니고 있기 때문인 것으로 보인다. 이것은 안도현의 시들이 긴장이나 고통에 대한 내성이 강하지 못한 화해 지향적 속성을 강하게 드러내보이고 있으며, 그 때문에 그의 현실 인식이 다분히 심정적이고 피상적이라는 느낌을 불러일으키는 이유가 되기도 한다. "문득문득 벼 그루터기가 심장과 / 추억을 찌르고 온몸에 매독처럼 번져오는 그리움"(「그늘」)이라는 구절에서 시인이 말하는 그리움의 실체가 분명하게 드러나지 않은 채로 한때 유행했던 막연한 그리움의 정서만 모호하게 전달되어오는 것처럼, 앞의 시에서 시인이

'죽고 싶었어'라는 말 앞에 '웬일인지'라는 모호한 표현을 사용한 것도 고통의 실체와의 직접적인 대면보다는 그 모호함으로 고통의 실체를 비껴가려는 태도의 한 반영이 아닌가 생각해볼 수 있다. 모든 갈라진 것들을 심정적인 통합에의 의지로 감싸안으려는 이러한 화해 지향적 태도는 북한 시인과의 정서적 동질감을 확인함으로써 분단의 비극을 통일을 향한 간절한 소망으로 뛰어넘으려 하고 있는 "햇볕 위에다 우리가 하나로 찬란한 공화국을 세운다면 / 기어이 싸움에 이겨 세운다면, 몸을 떨곤 한답니다 / 우리가 삼천리 조선에 살아남아 써야 할 시 한 편 / 나는 아직도 머나먼 백두산이며 압록강이고 / 향은 아직도 머나먼 지리산이며 섬진강이기 때문이겠지요 / 우리가 비록 6·25 전쟁 병사들이 낳은 자식들이어도 / 이 강산 앞산 뒷산에 똑똑한 현실로 / 눈부신 진달래로 꽃피어 어우러지는 날 옵니다 / 꼭 옵니다 온전한 서정시 쓰는 날 바로 그날입니다"(「젊은 북한 시인에게 1」)와 같은 구절에서도 엿볼 수 있다.

안도현의 시들은 대개가 대상과 맞서기보다는 대상 속으로 스며듦으로써 그 대상을 자신의 내면적 정서를 투영하는 매개물로 만들어버리는, 혹은 대상을 자신의 정서적 파장의 동심원 속으로 통합해버리는 강한 은유적 특성을 보여준다. 시인의 시적 정서는 논리나 분석 이전에 직선적인 직관의 형태로 세계를 인식하며, 그 직관적인 정서는 강한 삼투압 작용을 통해서 이질적이거나 분열적인 상태로부터 그 이질성을 제거하고 분열된 상황을 정서적인 평정의 상태로 끌어안으려 하는 경향이 있다. 그렇기 때문에 안도현의 시들은 어떠한 외부 상황 속에서도 좀처럼 의식의 분열이나 위기와 같은 자기 정체성의 내적 파열을 드러내보이는 일이 없다. 시인의 의식은 어떠한 고통스러운 상황 속에서도 희망을 찾아내며, 그 희망을 통해 삶에 대한 건강한 믿음과 인간의 본성에 대한 긍정적인 시선을 유지한다. 안도현이 그의 시에서 "감출 수 없는 흥분만 고요히 이마에 서리고 / 우리는 더욱 쓸쓸해서 / 거푸 술잔을 비운다 / 이 밤, 젊고 그리운 서러움은 비로소 / 온 사방 함박눈으로 내려 쌓이고 / [……] / 우리는 목구멍에다 눈물 같은 소주를 털어넣는다"(「전야」)라고 말할 때에도 시인이 말하는 쓸쓸함, 서러움, 눈물 속에는 고통을 함께 나누는 집단화된 정서적 동질감을 통해서 확인하는 자기 정체성에 대한 굳건한 믿음이 내포되어 있다. 이런 경우, 외부적인 상황이 가해오는 고통이나 슬픔은 그와 같은 자기 정체성을 균열시키는 힘이기보다는, 보다 궁극적인 의미에서 그것을 더욱 단련시키는 힘으로 받아들여진다. 다시 말해 내적인 자기 정체성이 세계 인식의 확고한 중심으로 자리잡고 있는 상태에서 외부로부터 가해지는 고통이나 절망은 하나의 시련일지언정 위기로 다가오지는 않는 것이다. 개인의 내면을 뒤흔드는 자기 정체성의 위기가 자의식의 분열을 통해 개인의 존재론적 위상을 어떤 고립이나 자폐의 상태로 몰고 가는 경향이 있는 반면, 자기 정체성이라는 확고한 기반 위에 가해지는 외부적인 시련은 오히려 개인의 고통을 집단의 그것으로 확신시킴으로써 고통의 연대 의식을 불러일으키는 계기로서의 작용력을 가질 수 있다. 이처럼 밖으로부터의 시련을 통한 집단화된 고통의 결집이라는 테마는 또한 80년대 민중시가 보여주었던 시적 상상력의 주요한 촉매 역할을 하기도 했다.

이미 말한 것처럼 안도현의 시들에서 이러한 성향은 어떤 의식적인 노력의 소산이라기보다는 시인의 선험적인 기질에 가까운 정신적 태도에 바탕을 두고 있는 것으로 보인다. 안도현의 초기 시들이 보여주는 삶에 대한 순정한 믿음은 시인의 내면에 흔들리지 않는 세계 인식의 틀로 자리잡고 있는 그와 같은 소박하지만 순수한 통합적인 정서의 힘으로부터 우러나오는 것이라고 할 수 있다. 이러한 통합적 정서가 개인과 세계 사이의 균열 없는 관계 맺음이 가능했던 공동체적 삶의 양식에 대해 강한 심리적 유대감을 드러내보이는 것은 당연한 일일 것이다. 안도현의 시적 상상력이 과거로 회귀하려는 복고주의적 정서와 깊이 맞물려 있는 것도 그러한 맥락에서 이해될 수 있다. 데뷔작인 「서울로 가는 전봉준」을 비롯하여 『서울로 가는······』에는 과거의 역사를 감정 이입의 방식으로 추체험함으로써 어떤 역사적 인물이나 상황을 시인 자신의 내면을 투사하는 은유적 장치들로 빌려오는 시적 기법이 적지 않게 발견된다. "눈이 내린다 / 통일신라가 버리고 간 탑과 사원의 미를 위하여 / 한반도 남단으로 꾸준히 눈물 내린다"(「강의실 밖에 내리는 눈」)와 같은 구절이나, "갑오년 동학패들 사발통문 돌리던 그 벌판에 / 잔혹한 어둠 속에 / 불빛 아래 / 노동이 비로소 꿈이 되는 것을 보라"(「만경평야의 먼 불빛들」)와 같은 구절들, 혹은

보아라, 三南에서 떼지어 모여든 길들이
백마강 살얼음 강물 속으로 스스럼없이 뛰어드는 것을
우리 몸에 도는 핏줄과 은사시나무들 물관부도
오늘은 잘 보이는구나, 가슴으로 날아오는 화살이여,
예서 우리 한 나라 세우지 못한다면
궁술 능한 사내 많이 키운들 무엇하겠느냐
　　　　　　　　　　　　　　　　——「부여기행」 부분

등의 시들에서 우리는 시인의 시적 상상력이 사라진 과거, 사라진 역사에 대한 깊은 친화적 정서에 그 둥지를 틀고 있음을 확인할 수 있다. 시인에게 사라진 과거, 사라진 역사는 현재에 못지않은, 아니 오히려 현재보다 더 생생한 동질감을 불러일으키는 일종의 정신적인 의지처와 같은 역할을 하고 있는 것이다. 집단적 규범이 개인의 삶에 튼튼한 울타리가

되어주던 시대, 혹은 개인들의 소망이 집단화된 힘으로 팽팽하게 결집되어 뜨겁고 순수한 열정으로 불타오르던 시대, 분열 없는 통합된 삶의 양식이 개개인의 안정된 내적 정체성을 지탱해주는 생생한 삶의 실체로 살아 있던 시대에 대한 상상적 그리움, 그것이 안도현의 시에서 나타나는 삶에 대한 순정한 긍정의 자세를 뒷받침해주고 있는 궁극의 힘이라고 할 수 있을 것이다. 결국 안도현의 시적 상상력을 떠받치고 있는 것은, 현실에서는 이미 사라졌지만, 통합된 삶의 양식이 가능했던 시대에 대한 그와 같은 상상적 그리움을 자신의 정서적 실체로 내면화함으로써, 시의 이름으로 그 훼손되어버린 삶의 질서를 끊임없이 현재화하려는, 그럼으로써 개인과 세계 사이의 균열 없는 내적 통합이 가능한 온전한 서정시의 세계가 실현되기를 꿈꾸는 간절하면서도 무구한 욕망이 아닐까?

원문 출처
(본문 게재순)

「시원의 삶을 꿈꾸는 우울한 방법적 귀환의 언어들」——『문학과사회』, 1995년 여름.

「토종의 미학, 그 서정적 감정 이입의 세계」——『신경림 문학의 세계』(창작과비평사, 1995).

「선험적 낭만성으로부터 긍정적 초월의 세계관으로 이어지는 긴 여정」——『오늘의 시』, 1995년 상반기.

「제도의 바깥을 꿈꾸는 몸, 혹은 정신」——『문학과사회』, 1997년 가을.

「몸의 사회학」——『세계의 문학』, 1995년 봄.

「추억, 혹은 이미지의 신기루를 좇는 텅 빈 현존의 삶」——『오늘의 시』, 1995년 하반기.

「견고한 의지와 투명한 무구의 세계」——『문학과사회』, 1997년 봄.

「온전한 서정시를 꿈꾸는 세계」——안도현, 『서울로 가는 전봉준』(문학동네, 1997) 해설.